목숨 걸 만한 문장

목숨전문점

2015년 2월 6일 1판 1쇄 펴냄
2015년 5월 8일 1판 2쇄 펴냄

지은이　　강윤화
펴낸이　　김남일
편집　　　이호석, 박성아, 이승한
디자인　　김현주
관리·영업　김태일, 박윤혜

펴낸곳　　(주)실천문학
등록　　　10-1221호(1995.10.26.)
주소　　　서울특별시 마포구 월드컵로10길 48 501호(서교동, 동궁빌딩)
전화　　　322-2161~5
팩스　　　322-2166
홈페이지　www.silcheon.com

ⓒ강윤화, 2015

ISBN 978-89-392-0726-4 03810

이 책 내용의 전부 또는 일부를 재사용하려면
반드시 지은이와 실천문학사 양측의 동의를 받아야 합니다.

이 도서의 국립중앙도서관 출판시도서목록(CIP)은 e-CIP홈페이지(http://www.nl.go.kr/ecip)와
국가자료공동목록시스템(http://www.nl.go.kr/kolisnet)에서 이용하실 수 있습니다.
(CIP제어번호:CIP2015002664)

목차

목숨전문점 007
내꺼 하자 031
누구 아는 사람 있어요? 057
얼룩 사이다, 사이다 얼룩 078
빨간 반성문 106
토익 학원 오전반의 미덕 126
혼자서 목걸이 147
세상에 되돌릴 수 있는 건 아무것도 없다 171

해설 198
작가의 말 215

목숨전문점

카루가 죽었다, 고 경찰이 말했다. 눈물은 나오지 않았다. 놀라지도 않았다. 그렇다고 그 죽음을 완전히 인정한 것도 아니었다. 정답 따위 아무것도 아니야, 없는 게 아니라 아닌 거야, 라던 카루의 말이 떠올랐다. 그래, 정답이 아니었다. 카루는 죽었지만 그건 내 정답이 아니었다.

목숨전문점이라고?
애가 또 무슨 헛소리를 하나 싶었다. 그런 게 있는지 없는지는 제쳐두고, 그런 가게를 아무렇지 않게 단골이라며 다니고 있다는 얘기에 더 놀랐다. 원래 그런 녀석이란 건 알았지만 이번엔 진짜 너무했다. '민폐적극실천위원회'보다도 심하다. 만약 마시고 있던 게 커피였다면 다음 달에 부동산 아줌마가 와서 한 마디 할 수도 있을 상황이었다. 벽에 웬 얼룩을 이렇게 묻혔냐고. 아무튼 이제

식도로 넘어가나 보다 하고 안심하고 있던 우유는 벽을 향해 발사되었고 카루의 황당한 얘기는 이어졌다.

"응, 그런 데가 있는데 거기에 가면 돈 한 푼 안 내고도 차나 술을 마실 수가 있어. 대신 완전히 공짜는 아니고 자기 목숨을 일정량 내야 하는데, 그러다가 좀 죽을 것 같다 싶을 정도로 힘들 때는 거기 특선 메뉴인 목숨주스라는 걸 마시면 또 괜찮아지더라고."

도대체 뭐라는 건지…….

말이 잘 안 통해서 그런 건가, 내가 잘못 들은 건가. 아무리 머리를 굴려도 황당한 그 얘기에 가방 속에서 전자사전을 꺼내려는데 카루 녀석이 손을 내저으며 또 이상한 소리를 한다.

"호가 잘못 들은 게 아닐 거야. 정말로 그런 곳이야. 나도 호도 지금 정상적인 일본어로 얘기하고 있어. 그러니까 맞아. 난 거기가 참 좋아. 거기 같이 가볼래?"

사레들린 우유 때문에 켁켁거리고 있는데 카루의 얼굴이 밝아졌다. 아, 아무래도 고개를 끄덕인 걸로 착각한 모양이었다. 어차피 할 일도 없는데 좀 놀아주지 뭐.

命~INOCHI

정말 있었다. '목숨전문점'. 양식 전문점도 중식 전문점도 한국요리 전문점도 아닌, 오므라이스 전문점도 파스타 전문점도 냉면 전문점도 아닌 그런 곳이. 몇 년 전 한국에 잠깐 들어갔을 때 본 생과일 전문점보다 더 황당한 이름의 그런 곳이 진짜 아무렇지 않게 그곳에 있었다.

카루는 익숙한 걸음으로 카페 문을 향해 걸어갔다. 입구에는 검은 정장을 입은 점원이 한 명 서 있었다. 점원은 내내 딱딱한 표정으로 우리가 다가오는 걸 바라보더니 문까지 두 걸음쯤 남았을 때 불쑥 질문을 던졌다.

"당신은 살고 싶습니까?"

순간 내 귀를 의심할 수밖에 없었다. 그건 내가 하는 형편없는 일본어보다도 어색했다. 카루가 하는 독특한 억양의 일본어와도 달랐다. 그건 어떤 언어가 아니었다. 말이라고 할 수 없는 그런 종류의 질문이었다. 전 세계의 어떤 국어 교과서를 찾아봐도, 혹은 외국어 서적을 뒤져봐도 저런 어색한 문장은 예문으로조차 등장하지 않을 게 뻔했다. 살고 싶냐니? 그런 건 물어서 뭐하게?

"그냥 아무 대답이나 하면 돼."

역시 단골. 카루는 고개를 끄덕이더니 바로 카페 문을 통과했다. 살짝 열린 카페 문을 통해 커피 향이 전해져왔다. 이렇게 분위기 다 잡아놓고 안은 그냥 평범한 카페란 말인가……. 공짜 커피 한 잔을 위해서라면 이 콘셉트에 함께 맞춰주는 것도 괜찮겠다 싶었다. 카루 흉내를 내어 고개를 끄덕이니 바로 열리는 카페 문, 그리고 아까부터 풍겨오던 진한 커피 향. 뭐야, 아무리 봐도 평범한 카페잖아.

"여기야, 호!"

"뭐가 목숨이고 살고 싶으냔 거야? 이 카페 뭐가 주제야?"

"기다려봐. 메뉴판 오니까."

입구의 점원과 똑같이 검은 정장을 입은 남자가 메뉴판을 들고 우리 테이블로 다가왔다. 내게 처음 왔냐고 물었다. 그냥 고개를 끄덕였더니 남자는 매뉴얼에 적혀 있는 듯 카페에 대한 소개부터 늘어놓기 시작했다.

자기는 여기 주인이며 원래는 비공개 소규모 카페로 시작해서 정해진 회원들만 찾던 곳인데 알게 모르게 소문이 퍼져 작년부턴 일반 손님도 받게 되었다는 얘기서부터, 카루 녀석이 그렇게 횡설수설 털어놓던 메뉴에 대한 설명까지…….

"기본적으로 대부분의 메뉴는 일반 카페와 거의 똑같습니다. 돈은 받지 않습니다. 대신 손님의 목숨과 음료를 교환하는 시스템이지요. 그리고 제일 아래, 스페셜 메뉴는 단골손님들껜 목숨주스라는 애칭으로 불리고 있는 음료입니다. 이 메뉴에 한정해서 돈으로 계산하고 있으며 3백 그램 한 잔당 천 엔을 받고 있습니다."

설명을 끝낸 주인 남자는 천천히 골라보라며 메뉴판만 남긴 채 돌아갔다. 그 기나긴 설명을 열심히 들었는데도 눈앞에 놓인 메뉴판이 얼른 이해가 안 되었다. 이것도 언어의 장벽일까. 버릇처럼 전자사전을 꺼내드는데 카루가 친절하게 하나하나 다시 설명해주었다. 단골다운 이해력과 설득력이었다.

"일단 호는 공짜가 좋지?"

"당연하지. 공짜라니까 따라온 거라고."

"그럼 평소에 자주 마시는 걸로 그냥 골라. 음료는 다른 데랑 다 똑같으니까."

고민 끝에 결국 레몬티를 골랐다. 너무 평범한가. 하지만 이 평범한 인테리어에 평범한 메뉴의 카페에 많은 걸 기대하고 싶진 않았다. 카루는 요새 기력이 달린다는 말도 안 되는 이유를 갖다 붙이며 스페셜 메뉴를 주문했다.

"계산은 선불입니다. 그럼 먼저 레몬티 주문하신 분부터."

테이블 위에 잔을 내려놓더니 한다는 소리가 계산부터 하잖다. 그래, 해라 해. 언제까지 이 황당한 콘셉트에 장단을 맞춰줘야 하는진 모르겠지만 일단 하는 데까진 하자 싶어서 주인 남자가 달라는 대로 팔을 내밀었다. 남자의 손톱이 손목에 닿는 순간 소름이 돋았다. 뭐야, 설마 이제 와서 피를 뽑겠다든지 그런 건 아니겠지.

"같이 오신 손님이 충분히 설명해드렸을 거라 생각합니다만, 저희 카페에서는 일반 메뉴는 철저하게 손님의 목숨으로만 계산하고 있습니다. 음료 한 잔당 목숨은 백 그램씩 받습니다."

그래그래, 맘대로 해라. 근데 피만 뽑지 마라. 성가셔서 고개를 대강 끄덕거리는데 갑자기 손끝으로 피가 몰리는 느낌이 들었다. 진짜 피라도 뽑는 건가? 당황해서 올려다보니 아까 그 상태를 유지하고 있을 뿐이었다. 하지만 내 몸 안의 피는 분명히 움직였다. 아니, 원래 움직이고 있었을 테니까 당연한 건가?

"목숨 백 그램, 정확하게 계산했습니다."

주인 남자가 손을 놓는 순간에야 피의 흐름이 제대로 돌기 시작했다. 하지만 어딘가 공백이 있는 것 같은 느낌은 가시지 않았다. 정말 내 목숨 백 그램이 빠져나간 것만 같았다.
"……이거, 뭐 이상한 거 아니지?"
남자가 시야에서 사라지자마자 추궁해보았지만 카루는 태연한 얼굴이었다. 이 정도는 아무것도 아니라는 건가. 허전했다. 혈관이, 근육이, 뼈가…… 어딘가에 구멍이 나버린 것 같았다.
솔직하게, 살고 싶진 않았다. 카페에 들어갈 때야 아무 대답이나 하면 된다기에 그랬던 거지. 지금 생각해보면 그때 질문에 당황했던 건 문장의 어색함 탓이기도 했지만 절반쯤은 도대체 뭐라고 답해야 할지 몰랐기 때문이기도 했다. 여태 들어본 적도 없던 유의 질문이었다. 애초에 그런 걸 질문할 수 있단 생각도 해본 적이 없었다.
살고 싶은 이유보다 살기 싫은 이유가 많았다, 늘. 삶이란 성가시고 귀찮은 일들을 해결하기 위해 잠시 얻은 시간 같은 거라고 생각해왔다. 아니, 지금 생각했다. 여태까지 생각해본 적도 없으니까. 살고 싶은가보다는 어떻게 살아야 옳은 건가를 고민했다. 그 고민이 더 정당한 거라고 생각했다.
순간 코뼈가 찡해왔다. 코뿐이 아니다. 아까부터 온몸 이곳저곳이 조금씩 아파오는 게 아무래도 이미지 상술에 제대로 넘어간 모양이다. 하하, 하긴 뭐 어차피 공짜 음료에 조금 평계를 섞는 거고 난 손해 볼 거 없으니 괜찮은가. 결국 평범한 카페 분위기에 취해 몇 시간이나 틀어박혀 있다 보니 어느새 내 목숨이라는 화폐 단위는 4백 그램이나 소비되고 말았다. 아니 공급된 건가, 뭐 어쨌든 좋았다. 나는 목숨을 팔고 레몬티를, 깔루아밀크를, 카시스오렌지를 그리고 핫초코를 들이켜고 있었다. 그러는 중에도 카루는 목숨주스만 네 잔째 홀짝이고 있었다.

"어차피 공짠데 다른 거나 좀 마시지? 그게 그렇게 맛있어?"

카루는 슬쩍 웃으며 그저 목숨주스를 한 모금 더 들이킬 뿐이었다. 좋게 보면 딸기주스 같기도 하고 토마토주스 같기도 하고 잘못 보면 피 같기도 하고 그런 액체를 참 열심히도 마시고 있었다. 대체 무슨 맛이길래 이렇게 좋은 공짜 카페까지 와서 돈을 들여가며 마시나 싶었다. 한 모금만 줘봐, 라고 말하려 한 순간 카루가 갑자기 이야기를 시작했다. 곰팡이 얘기를.

호, 저번에 아파트 천장에 곰팡이가 피었다고 투덜댔지? 역시 싼 아파트라 티 다 낸다고 그랬었잖아. 맞아, 우리 지금 사는 곳 진짜 낡았어. 겉은 멀쩡해 보여도 속부터 낡아서, 아니 부서지고, 아니 무너지고, 아니 썩어가고 있는 그런 아파트잖아. 몰라. 아무튼 아파트는 이제 늙었어. 우리를 버티기엔 늙었다고. 하지만 곰팡이는 달라. 곰팡이는 어쨌든 그 속에서 새로 태어난 거야. 아, 내가 무슨 얘기를 하려 했더라. 아파트 곰팡이가 아니라 그냥 곰팡이 얘기였는데.

맞아, 호. 곰팡이가 언제 가장 많이 피어나는지 알아? 비 오는 날이라고? 그래, 맞아. 습기가 가득한, 눅눅한 날 곰팡이가 가장 많이 피어나지. 그건 어느 나라나 공통인가 보다. 호네 나라도 그랬어? 일본은 정말 끈적끈적해. 언젠가 호의 나라에 가면 습기를 비교해보고 싶어. 그 정도로 난 이 습기가 싫어.

저번에 얘기했던 거 기억나? 나, 민폐적극실천위원회 회원이라고 그랬잖아. 우리 모임은 사회 필요악이야. 사회의 기름칠이야. 그리고…… 위원장이 더 뭔가 멋있는 말을 했었는데. 다음에 회지 보게 되면 말해줄게. 아무튼 우리 모임은 전에도 말했던 것처럼 전국적인 아니 세계적인 비밀 조직이야. 그래, 호의 나라에 가게 되면 습기 말고 우리 조직원들부터 찾아봐야겠다. 말이 통하진 않겠지만, 그땐 호가 통역을 해주면 되겠지. 나, 될 수 있는 한 호가 이해할 수 있는 말로 설명해줄게.

우리 조직은 사람들이 신경질을 낼 만한 일을 해. 예를 들면 공공장소에서 이어폰 밖으로 소리가 다 새어나오게 음악 볼륨을 올리고 듣는다든지, 지나가는 사람들하고 어깨를 부딪친다든지, 그래 놓고 사과는 안 하고 괜히 무섭게 쳐다본다든지, 소심한 사람들이 자기 고민에 빠지도록 대놓고 이상하단 듯 쳐다본다든지, 조용한 장소에서 계속 볼펜이나 구두로 딱딱거리는 소리를 낸다든지, 화장실에서 휴지를 다 써버리고 나온다든지, 세면대에 머리카락을 잔뜩 늘어놓는다든지, 계산할 때 1엔짜리 동전만 잔뜩 모아서 내버린다든지, 전단지 나눠주는 사람 근처로 가서 혹하게 만들어놓고 완전히 무시해버린다든지…… 그런 간단한 활동부터 시작해서 크게는 운전하다 옆 차선에 갑자기 끼어들어서 욕 얻어먹

기라든지 꼭 중요할 때 갑자기 아프다고 약속 펑크 내기나 더 크게는, 정말 크게는…… 호도 알고 있지? 히키코모리 같은 거. 사회 부적응자, 등교 거부, 알코올중독자 같은, 그런 식으로 남을 신경 쓰이게 만드는 거야. 쭉. 뭐? 별거 아닌 거 같다고? 그래, 맞아. 우린 살인이나 강도 같은 짓은 하지 않아. 자기 자신은 욕먹게 해도 남한테 직접적으로 피해를 입히진 않지. 하지만 호도 이런 일을 직접 당하면 기분 나쁘지? 조금은 화가 나지?

바로 그거야. 우리 조직의 목적이. 세상은 어떤 정해진 규율에 따라 돌아가게 되어 있어. 그 규율을 정한 사람이 누군지는 아무도 몰라. 하지만 그 사람들이 우리에게 명령했지. 너희는 규율에 어긋난 짓을 해라. 그래야 세상이 제대로 순환된다, 라고. 응? 못 믿겠다고? 아냐, 잘 생각해봐. 다 착하고 다 친절한 사람들만 가득한 지구를. 아마 금방 멈춰버리고 말걸? 지구도 그 착한 파워에 질려서 자전을 멈춰버리고 생태계도 다 무너질 거야. 그것뿐이 아냐. 누군가는 싸움거리를 제공해야 돼. 그래야 누군가가 싸우고 누군가는 다치고 그래야 경찰이 달려와야 할 일이 생기고 그래야 뉴스가 보도할 일이 생기고 그래야 동네 아줌마들이 떠들 일이 생기고 그래야 학교에서 아이들이 자기 부모 흉볼 일이 생기고 그래야 학교 선생님이 애들한테 주의를 줄 일이 생기고…… 이제 알겠어? 우리의 작은 활동을 통해 세계는 더 활기차게 움직이고 있어. 우리가 없으면 세상은 죽은 거나 마찬가지야.

하지만 많은 사람들은 우리를 곰팡이라고 불러. 그 의미를 모르는 건 아니야. 근데 내가 보기엔 세상엔 우리 말고도 곰팡이들이 너무 많아. 곰팡내를 풍기며 살아가면서도 끝까지 자긴 아니라고 하지. 자긴 무너지지 않는다고, 자긴 꿋꿋하다고. 세상 아래서 당당하게 살아갈 수 있다고.

호, 있잖아. 우리 내일은 곰팡이가 피어나는 현장을 보러 가자. 그래 내가 보여줄게. 난 보여줄 수 있어. 누구보다도 더 자세하게, 확실하게 보여줄 수 있어. 내일 마침 비가 올지도 모른다니까 정말 잘 된 것 같아. 그래. 내일 가는 거야, 알았지?

카루는 한참이나 민폐 모임이니 세계의 기름칠이니 곰팡이니 하는 얘기를 늘어놓다 결국 소파에 그대로 늘어져 잠이 들고 말았다. 이 목숨주스라는 거, 설마 술인가. 어쨌든 카루가 일어나야 집에 가겠다 싶어 나도 힘을 빼고 소파에 몸을 기대보았다. 주변은 아무리 봐도 평범한 카페 분위기. 모두 아무렇지 않게 각자 마실 것을 홀짝이며 얘기를 한다. 책을 읽는다. 휴대폰을 만져댄다. 살아간다. 그렇다. 살아간다.

당신은 살고 싶습니까? 다들 뭐라고 답을 하고 이 카페에 들어왔을까. 다들 어떤 삶을 살아왔고 살아가려 하는 것일까. 이곳에 들어올 때 카루를 따라했을 뿐인 가벼운 고갯짓이 내 삶을 판단하는 기준이 된다 생각하니 어색했다. 그건 내 대답이 아니었다.

가슴이 답답했다. 카시스오렌지를 한 번 더 주문하려 손을 들었다. 주인 남자가 내 팔을 만지며 음료 값을 계산하는 것도 이제 익숙해졌다. 남자는 팔을 내려놓으며 내게 물었다.

"당신의 목숨은 벌써 5백 그램이나 줄었습니다. 위험하다고 생각하지 않으십니까?"

애초에 그런 상술이 웃기다니까. 대꾸하지 않고 그냥 그대로 한 모금 들이켜자 남자가 여전히 참견을 한다.

"메뉴판 맨 앞에 쓰여진 경고문을 읽지 않으셨군요. 이 모든 건 진짜입니다. 사람에겐 모두 각자의 목숨 용량이 정해져 있습니다. 손님의 목숨이 원래 어느 정도 양이 되는지 저는 모릅니다. 하지만 보통 다른 분들은 이 정도로 마시진 않아요. 위험할 수도 있어요. 물론 손님 개인의 선택이기 때문에 우리는 책임지지 않습니다만…… 이제 스페셜 메뉴로 보충하시는 게 좋다고 생각되는데, 어떠신지요."

것 봐, 결국 목적은 그런 거잖아. 속이 훤히 보이는 놀음에 웃음이 나왔다. 여태 팔을 잡고 목숨을 계산한다느니, 온갖 퍼포먼스를 벌인 이유는 오로지 이 카페에서 유일하게 돈을 받을 수 있는 목숨주스를 팔기 위해서였던 것이다. 속지 않는다. 속지 않아, 절대 넘어가지 않는다.

순간 심장이 찌릿하고 아파왔다. 남자가 웃고 있었다. 이제 슬슬 목숨주스를 마시지 않으면 정말 안 되겠어요……. 이런 사기꾼들.

일단 신경 쓰지 말라고 해놓고 다시 카시스오렌지를 들이켜는데 확실히 몸이 이상하다. 몸 여기저기서 통증과 마비가 퍼져나가고 있었다. 정말 이대로 죽는 건가. 소파 위로 몸을 뉘었다. 아, 여기 천장에도 곰팡이가 피었네. 테이블 아래로 보이는 카루의 잠든 얼굴에 곰팡이 얘기가 또 떠올랐다. 하지만 이번엔 내 곰팡이.

　작년. 일본어 학교를 나와 어찌어찌 붙게 된 대학. 유학 4년 만에 이룬 성과 치고는 참 보잘 것 없는 봄이었다. 예상대로 부모님은 일본까지 가서도 하위권 대학이냐며 금전적인 건 기대도 말라고 했다. 온갖 요금은 연체. 이러다 국제적인 신용 불량자가 되겠구나 싶었다. 있는 돈 없는 돈 다 빌려 일단 새로 입학할 학교 근처에 방을 잡았다. 돈에 비해 겉이 멀쩡해 보여서 이득을 봤다고 생각했었다. 하지만 카루가 말한 대로 사실은 속부터 썩어가고 있는 그런 낡은 아파트였다. 그 정도야 속아줄 수도 있다 생각했다. 그런 것보단 다른 내 현실이 성가셨으니까.
　점점 비어가는 통장, 우편함을 채워가는 각종 고지서들, 책상 가득 놓인 전공책과 문제집들, 달력 빼곡히 적힌 아르바이트 일정…… 생각하기도 싫었다. 차라리 머리를 비우고 닥치는 대로 하는 게 더 편했다. 그땐 정말 살기 위해 살았다. 어디 유학 경험 게시판에 올린대도 아무도 불쌍하다 여기지도 않을 그런 조잡한 이야기였다.
　그 봄이었다. 카루와 만난 건. 바퀴벌레였나 지네였나. 집 안에서 스멀스멀 기어 나온 벌레를 잡겠다고 빗자루를 들고 쫓다 쫓다 결국 대문까지 열어 쓸어내고 있을 때 카루를 만났다. 새로 이사 왔냐더니 벌레는 그렇게 잡는 게 아니라며 갑자기 빗자루를 뺏어

들었다. 정말 처음 봤다. 그렇게 벌레를 잡는 사람은…… 인도인가 어딘가에서 살생은 안 된다며 벌레가 다치지 않게 빗자루로 쓸어내는 건 봤어도, 어머니가 아무렇지 않게 손바닥으로 눌러 죽이는 건 봤어도, 옛 여자 친구가 무섭다며 있는 대로 엄살을 떨다가 전화번호부로 내리치는 것까지도 봤어도…… 빗자루 위에 바퀴벌레를 태워 배드민턴 공 튀기듯 갖고 노는 사람은 또 처음 봤다. 그래야 어지러워서 이 집에 대한 트라우마가 생긴댔나. 아무튼 적당한 이유를 참 진지하게도 갖다 붙인다고 생각했다. 그게 카루에 대한 첫인상이었다.

이름이 뭐냐는 질문에 한참이나 고민하다가 카루라고 부르라고 했다. 아무래도 본명은 아닌 것 같았다. 아파트 자체가 유학생들만 받아주는 식이었기 때문에 분명 일본인은 아닐 터였지만 카루는 자신을 일본인이라고 했다. 그러면서 내 나라는 묻지 않았다. 나라를 알게 되면 그 나라의 이미지에 따라 사람을 판단하게 될 것 같아서 듣고 싶지 않다고 했었다. 그 말에 일리가 있다 싶으면서도 나에 대해 궁금하지 않은 건가 싶어 처음엔 좀 당황했었다.

그래, 그랬다. 카루는 처음부터 날 당황스럽게 했다. 불편하게 했다. 어쩔 줄 모르게 만들었다. 늘 그런 식이었다. 그래서 적어도 심심하진 않았다. 카루는 늘 적당한 이유를 갖다 붙여준다. 그리고 그게 진실인 것처럼 말한다. 트라우마에 걸린 바퀴벌레는 그 집을 다신 찾지 않는다는 식의 그런 이유들 말이다.

이사 온 지 한 두 달 지났을까. 곰팡이가 피어났다. 부동산 말로는 원래 그런 거라고 했다. 보기 싫진 않았다. 싼 맛에 들어온 집이니 이 정돈 감수해야지 싶었다. 부모님은 여전히 돈을 보내주지 않았고 나는 점점 그 방식에 익숙해져갔다. 그리고 들리는 소문에 의하면 가족들이 이사를 갔다고 했다. 내 짐은 모두 버렸다고 했다. 한국의 동창들은 나를 없는 사람 취급한다고 했다. 대학 생활은 시작되었지만 나이도 다르고 말도 잘 안 통하다 보니 친구는 생기지 않았다. 교수들은 날 신경도 쓰지 않았다. 아르바이트에선 짤렸다. 새 아르바이트에선 어차피 못 알아들을 거라고 대놓고 무시를 해댔다. 아르바이트에서 정해진 멘트 외에 내 목소리가 세상 밖으로 닿는 순간은 없었다. 카루와의 대화 말고는 진짜 없었다. 곰팡이는 점점 짙어졌지만 나는 더욱 더 괜찮다고 믿었다. 카루가 이렇게 말했으니까.

호는 정말 강해. 이제 호는 세상에 그 어떤 거랑도 연결되지 않은 거잖아. 난 호의 나라를 아직 안 들었으니까. 호는 정말 그 무엇과도 이어지지 않은 거야. 가족, 친구, 나라 모든 것과 분리된 거야. 그래도 호는 살아 있어. 호는 여기에 있어. 항상 살고 있어. 강한 거야.

결국 그해 여름, 천장을 다 덮을 정도로 곰팡이가 피어나 부동산에서 무료로 벽지를 발라줬다.

다음 날, 어떻게 집까지 돌아왔는지는 기억나지 않는다. 나와 카루는 각자 자기 집에서 잘만 자고 있었고 그 전날 목숨전문점에 다녀왔단 것 정도는 기억하고 있었다. 아, 그리고 카루는 한 가지 더 기억하고 있었다. 곰팡이가 피어나는 현장을 보여주겠다던 약속.

곰팡이야 우리 집 천장에서 또 피어나고 있는데? 라고 묻자 카루는 웃었다. 아냐, 그것보다 더 큰 곰팡이가 있어. 더 심해. 그건 정말 직접 봐야 돼. 난 그걸 보고 기겁했었어. 오다큐센이 역으로 진입하고 있었다.

"그렇게 징그러운 걸 굳이 보여주겠다고? 이렇게 멀리까지 가서?"

일단 표 샀으니까 같이 가긴 하겠지만, 이라고 덧붙이자 카루가 웃었다.

"사실 오늘 곰팡이를 보여주는 건 내 임무이기도 해."

"일부러 혐오감이 드는 걸 보여주는 것도 그 민폐 모임의 활동이야?"

"아냐. 호에게가 아니라 곰팡이들에게야."

오늘 날이 흐려서 다행이야. 금방이라도 비가 올 것 같다, 그치. 카루는 전차 밖을 내다보며 그렇게 중얼거렸다. 정말이었다. 하늘은 온통 잿빛이었다.

있지, 우리 집에 어떻게 들어왔지? 물었지만 카루는 답이 없었다. 나 어제 목숨을 5백 그램이나 냈어. 나는 다시 한 번 말했다. 카루는 살며시 웃으며 그러면 힘들어, 나중에 여유 되면 꼭 목숨 주스 마셔, 라고만 했다.

"그 가게 상술 맘에 안 들어."

내 투덜거림에도 카루는 그냥 웃을 뿐이었다. 어제 그렇게 신용하는 목숨주스를 네 잔이나 마신 사람치고는 힘이 없어 보였다. 것 봐, 다 상술이라니까. 오다큐센이 종점 신주쿠 역사에 들어섰다.

어딘지는 알 수 없었다. 카루를 따라 이리저리 발을 옮기다 보니 어느샌가 한 빌딩의 옥상에 올라와 있었다. 그리 높지 않은 빌딩이어서 주변의 고층 빌딩들이 전부 하늘을 가리고 있었다. 어차피 하늘은 잔뜩 찌푸리고 있었지만.

"호, 거기 수도꼭지에 이것 좀 꼽아주겠어?"

카루가 가방 속에서 내민 건 파란색의 기다란 뱀, 아니 호스. 물은 왜? 카루의 표정을 살폈지만 변화가 없었다. 어쨌든 시키는 대로 수도꼭지의 끝 부분에 호스를 연결하자 카루는 수도꼭지를 가장 세게 틀라고 했다. 오래 쓰지 않은 수도인지 꽤 힘을 주고 나서야 물이 나오기 시작했다. 물이 올라오기 시작하는 소리가 내장이 타는 소리 같아 끔찍했다. 카루는 호스 끝을 잡고 물이 잘 나오나 체크를 하더니 무턱대고 옥상 가장자리에 서 바깥으로 물을 뿌려대기 시작했다.

뭐하는 짓이야, 밖으로 물이 다 떨어지잖아. 얼른 카루를 말리려 달려들었다. 하지만 물은 이미 바깥으로 멀리멀리 퍼져나가기 시작했다. 빌딩 아래쪽 사람들이 하나같이 손바닥을 하늘로 향해 펼쳐보이더니 우산을 꺼내댔다.

아.

곰팡이, 곰팡이가 피어나고 있었다. 지상에 가장 큰 곰팡이들이 하나 둘 피어나고 있었다. 빨간 곰팡이, 파란 곰팡이, 찢어진 곰팡이…… 동그란 곰팡이 버섯들 위로 갖가지 색과 무늬가 수놓아져 있었다. 얼룩 같았다. 모두 한데 섞여 지저분해 보였다. 물방울이 아직 닿지 않은 곳에까지 곰팡이는 피어나고 있었다.

카루가 말했다. 봤지? 곰팡이는 이미 어디든 있었어. 어디든 있는 걸 가지고 호들갑을 떨어온 거야.

이게 바로 민폐적극실천위원회의 활동이구나, 라고 감탄 아닌 감탄을 했더니 카루가 웃는다. 카루는 자기 자신의 말뿐 아니라 남의 말도 적당한 것을 진심으로 받아들이길 잘 한다.

사람들이 싫어. 징그러워. 저러고도 강하다고, 떳떳하게 인간이라고 하는 사람들이 정말 무서워. 그렇지 않아? 저들은 우산 없인 비 아래 한 순간도 온전히 버틸 수가 없어. 그런 자들밖에 없어. 아까 봤잖아, 물이 떨어지지도 않은 곳에 있던 사람들도 우산을 펼치는걸. 견디질 못하는 거야. 자기 몸이 젖는 그 짧은 순간도. 자연스러운 그 순간도 참을 수가 없는 거야. 남들과 조금이라도 다른 것도 견디지 못하는 거야. 서둘러 껍질로 자길 가리고 또 멀쩡한 척 그렇게들 살아가는 거야. 나는 그게 참 싫어. 정말로 싫어. 사는 건 그런 게 아니야. 나는 차라리 비를 맞을래. 맞을 수 있다면, 그런 자격이 있다면 난 맞을래.

그렇게 말하며 사람들을 내려다보던 카루의 눈 가득 곰팡이가 피어나고 있었다. 하하하하하, 카루의 웃음소리가 멀리멀리 퍼져나갔다. 가짜 빗방울이 더 멀리 퍼져나가고 곰팡이는 카루의 속에서도, 밖에서도 멀리 피어나고 있었다.

카루와 통성명을 하고 몇 번인가 같이 식사를 했을 때였나. 호는 왜 이 나라에 와 있어? 카루가 불쑥 물었다. 그때도 아마 사레가 들렸었다.

내가 왜 여기 와 있더라. 목적감은 원래부터 없었다. 뿌리를 내리지 못했다. 그렇기에 가고 싶은 곳도 없었고 어디를 향해 간다는 말조차 성립되지 않았다. 하지만 그런 것을 표현하기에 내 일본어는 턱없이 부족했다.

카루, 하고 나지막이 불렀다. 카루가 날 쳐다보았다. 뭐라고 말해야 할까. 나는 왜 여기에 있는 걸까.

"내가 살던 나라엔 말이지, 그러니까 내가 태어난 나라 말야. 거기엔 말야, 이런 말이 있어. 닭의 머리가 될지언정 소의 꼬리는 되지 말라는 그런 말이. 그러니까 큰 조직의 찌질이가 되느니 작은 조직의 우두머리가 되라는 말이지. 난 닭의 머리가 되려고 여기에 왔어."

소의 꼬리나 되었을까, 내가. 소 속눈썹만도 못한, 소 발에 차이는 모래만도 못한 존재였을 것이다. 살고 싶지도 않았지만 죽고 싶단 말도 쉽게 내뱉질 못했다. 죽을 용기가 없었다. 죽는 일을 생각하면 뒤처리를 하느라 내 욕이나 퍼붓고 있을 가족들이 떠올랐다. 걔 결국 죽었대, 라며 술안주로 삼을 친구들이 떠올랐다. 아니, 그보다 먼저 방 한구석에서 먼지처럼 썩어가는 내 시체가 떠올랐다. 아무에게도 발견되지 않는다. 개미조차 밟으려 들지 않는다.

파리마저 꼬이지 않는다. 나는 그렇게…….

"그래서 닭의 머리는 된 거고?"

카루가 웃었다. 고르긴 제대로 골랐다. 꼴에 그것도 대학이라고 일본 내에서도 제대로 하위권인 대학을 골랐다. 조금만 머리를 굴리면 일본애들보단 훨씬 잘난 놈이 될 수 있었다. 유학생이면서 어쩜 그렇게 열심히 하냐는 소리를 들으며 우쭐대기도 했다. 하지만 그게 끝이었다. 그래봐야 닭대가리는 닭대가리다. 부모님은 합격 소식을 듣자 연을 끊었고 나는 어디 가서 수석 입학 소리는 해도 무슨 대학인지는 절대 말할 수 없었다.

어쩔 줄을 몰라 그냥 젓가락으로 공기를 젓고 있는데 카루가 내가 만든 불고기를 집어 들었다.

"닭이든 소든 먹으면 그만인데."

어차피 먹으면 머리든 꼬리든 다 소화되고 끝나잖아. 카루는 불고기를 참 맛있게도 먹었다. 다음엔 내가 오야코돈 해줄게, 라며 장 볼 목록에 닭고기를 적고 있던 카루였다.

이후로도 몇 번인가 카루는 나를 목숨전문점에 데려가주었다. 언제나 돈이 없는 나는 늘 내 목숨을 팔아 차와 술을 마셔댔고 카루는 목숨주스만을 줄곧 마셔댔다.

카페의 분위기는 찾아갈 때마다 달라져 있었다. 처음 갔을 땐 모두 검은 정장을 입고 조금 어두운 분위기였다면 다음에 갔을 땐 건담 코스프레 의상을, 그다음에 갔을 땐 말도 안 될 정도로 화려

한 레이스 의상을 입고 있었고 또 그다음에 갔을 땐 일본 전통 의상 같은 걸 입고 있기도 했다.

목숨, 생명이란 건 무거울 때도 있고 가벼울 때도 있으니까요. 옷을 왜 그렇게 자주 바꾸냐는 내 질문에 주인 남자가 말했다. 물론 여전히 내게 목숨주스를 팔려 노력하며. 아직도 목숨을 팔고, 아니 값을 치루고 그곳의 음료수를 마시면 몸이 이상하게 아파오긴 했지만 그건 다 상상력 때문이 아닌가 싶었다. 아무튼 이쯤 되면 목숨전문점이라는 이름에 부담을 느낄 필요는 없는 셈이었다. 그래서 난 더욱 더 열심히 마셨다. 더욱 더 많은 용량의 내 목숨을 내놓았다. 카루는 그런 날 바라보며 희미하게 웃을 뿐이었다.

"왜 맨날 그 주스만 마셔?"

"살고 싶으니까."

그러고 보니 복장은 변해도 입구 질문만은 한결같았다. 당신은 살고 싶습니까? 난 늘 카루를 따라 거짓된 대답을 했다. 살기 성가신데도 살고 싶다고 했다. 카루는 내게 강하다고 했지만 나는 홀로 강해지고 싶지 않았다. 그러면서도 결국은 또 강한 척을 했다. 난 카루의 곰팡이 중 하나인지도 몰랐다.

"그래서 그렇게 입구 질문에도 열심히 고개를 끄덕이는 거야?"

카루가 응, 이라고 했다. 정말 살고 싶구나. 내가 대꾸하자 카루는 입구에서 그랬던 것처럼 고개를 크게 끄덕였다.

살고 싶어. 살 수 있는 만큼을 살아내고 싶어. 그건 정말 어려운 일이야. 난 태어나고 싶지 않았어. 하지만 결국 태어나고 말았어.

그러니까 살아내는 것만이라도 제대로 해내고 싶어. 난 그 입구 질문이 맘에 들어. 살고 싶으냐는 그 질문이 정말 좋아. 살고 싶다고 고개를 끄덕일 때마다 생명을 더 얻는 것만 같아서. 이 주스, 사실은 되게 맛없어. 피 맛 같은 게 나. 그렇게 생각해서 그런 걸까? 그래도 난 마시고 싶어. 살고 싶어. 호 같은 사람들이 지불한 목숨이 여기 안에 다 있어. 난 그 힘을 빌어서라도 살아내고 싶어. 알겠어? 이런 기분. 카루의 대답이, 그 정직한 눈빛이 난 부러웠다.

"호는 그 질문이 맘에 안 들어?"

응, 이라며 고개를 끄덕이자 카루가 웃었다.

호는 강해. 호는 사회에 필요해. 화를 내줘. 민폐 모임의 적극적인 대상이 되어줘. 세상 모든 것에 화를 내고 세상을 순환시켜줘. 살아줘. 그래, 마시기 위해 살아줘. 그것만이라도 잘 하면 돼. 정답 따위 아무것도 아니야, 없는 게 아니라 아닌 거야. 정답이 없다는 사람들의 말은 믿지 마. 그 사람들의 정답이 호의 정답이 아닐 뿐이니까.

아무래도 목숨주스는 알코올음료인 모양이다. 늘 대화가 삼매경으로 가고 만다. 하지만 난 그런 카루를 보는 게 좋았다. 엉뚱하고 어디로 튈지 모르는, 민폐 회원다운 발언이 좋았다. 화를 낼 수 있는 여지가, 발끈하고 따질 수 있는 여지가 좋았다.

경찰이 문을 두드렸다. 옆집 사는 여자가 죽었다고 했다. 옆집 여자요? 누구? 경찰이 낯선 이름을 툭 내밀었다. 중국계 일본인 아무개라고 했다. 이름이 얼른 귀에 들어오지 않았다. 도저히 알 수가 없었다. 경찰이 말했다. 다른 이웃들 증언에 따르면 당신이 가장 친했다고 하던데. 그 말에 겨우 기억해냈다. 카루다.

토리마(通り魔)라고 했다. 사전을 찾아보았다. 만나는 사람에게 재해를 끼치고는 순식간에 지나가 버린다는 마물, 그와 같은 악한…… 순간적으로 민폐적극실천위원회가 떠올랐다. 비밀 조직이 세상에 까발려진 건가. 숨이 막혔다. 세상은 멈출 것이다. 카루가 열심히 굴려놓은 세상이 자전을 멈출 것이다.

"유감입니다."

경찰은 굉장히 안타까운 표정으로, 미리 연습하고 온 듯한 얼굴로 내 어깨를 두드렸다. 경찰이 어깨에서 손을 떼는 순간 지구가 제대로 돌기 시작했다. 아마도 비밀은 지켜졌다. 하지만 카루는 지켜지지 못했다.

호라고 부를게, 난 너를. 우편함에 써 있는 니 이름 봤어. 가운데 들어간 Ho라는 글씨가 가장 먼저 눈에 들어왔어. 그러니까 호라고 부를게. 넌 내게 호야. 앞으로 쭉 호야.

카루의 목소리가 떠올랐다. 카루는 죽을 때 무슨 생각을 했을까. 그리고 카루가 죽을 때 나는 무슨 생각을 하고 있었을까.

다섯 명이 죽었다고 했다. 범인은 현장에서 잡혔다고 했다. 뉴스에 몇 번이나 카루의 이름이, 아니 경찰이 알려준 중국계 일본인 옆집 여자의 이름이 지나갔다. 누군지 모를 사람들이 꽃을 갖다 놓고 있었다. 카루의 죽음은 공식적으로 인정되었다.

 토리마의 뜻은 알았지만 카루가 죽은 이유는 이해할 수 없었다. 인터넷을 켰다. 몇 달 만에 켜본 한국 인터넷은 여전히 시끄러웠다. 눈에 들어왔다. 그 글씨가. 일본 묻지마 살인, 노상 살인, 살기 싫어서 그랬다, 세상이 싫었다……. 읽었다. 천천히. 모든 것을 다 머리로 받아들였다. 그런데도 카루의 죽음은 끝내 이해할 수 없었다.

 살고 싶어. 살 수 있는 만큼을 살아내고 싶어. 태어나고 말았어. 그러니까 제대로 해내고 싶어. 카루의 죽음 또한 카루의 정답이 아니었다. 모든 것이 오답을 향하고 있었다.
 사건 현장을 찾았다. 이미 말끔히 정리된 현장을 보고 나서야 눈물이 흘러나왔다. 카루가 사라졌다. 카루의 모든 것만이 깨끗하게 지워졌다. 적어도 피 한 방울이라도 남아 있길 기대했던 걸지도 모른다……. 살고 싶어졌다. 살아가고 싶었다.
 카루가 죽은 곳이 목숨전문점이 아니라 다행이다.

 당신은 살고 싶습니까?
 믿음 같은 건 아무래도 좋았다. 상술이라 해도 좋았다. 태어나기 싫었어도 이 땅에 태어나고야만 이들을 위해, 죽고 싶지 않았어도 이 땅에서 지워져버린 이들을 위해. 나는 그곳을 찾았다. 목숨전문점, 命~INOCHI.

주인 남자가 메뉴판을 내밀었다. 오늘은 뭘 주문하시겠습니까? 남자의 셔츠 꽃무늬가 입구의 점원 것보다 큼지막했다. 비바, 하와이.

"목숨 3백 그램."

마시기 위해 살아줘. 그것만이라도 잘 하면 돼.

그 가볍고도 무거운 핏덩어리가 내 입 안으로 쏟아지고야 말았다.

내꺼 하자

　대문을 열자마자 차가운 바람이 집 안으로 쏟아져 들어왔다. 그리고 동시에 시야에 들어오는 정우의 옆모습. 손가락 사이에 들린 담배에서는 연기가 하늘보다도 하얗게 흘러내렸다.
　저 손을 마지막으로 잡아본 게 언제였더라.
　흘끔, 바라보았다. 정우가 물었다. 너 또 문방구 가지, 하는 목소리가 갈라져 있었다.
　"응, 뭐 사다 줘?"
　"아니."
　"그럼 왜 물어."
　"것도 못 묻냐. 까칠하긴."
　니가 그러니까 친구가 없는 거야. 정우의 깔깔거리는 웃음이 아파트 복도를 울려댔다.
　엘리베이터까지 스무 걸음. 웃음소리 탓이다. 심장도 쿵쿵쿵,

쾅쾅쾅. 복도만큼이나 시끄럽게 울렸다.
아무래도 눈이 오려나 보다. 하늘이 하얗다 못해 부서질 것 같았다.

"어서 오세요."
문방구 청년은 오늘도 헤실거리고 있었다. 시선을 피해 색지 코너에 몸을 숨겼다. 뒤통수에 내리꽂히는 CCTV의 시선. 화면 속, 어기적거리는 게 거슬렸을까. 경쾌한 발소리가 다가왔다.
"뭐 찾으시는 거 있어요오?"
서둘러 주머니에서 종이를 꺼내 건넸다. 꾸깃꾸깃한 종이. 꾸깃꾸깃한 글씨. 문방구 청년의 손이 바빠졌다. 아무래도 얘, 날이 갈수록 느는 거라곤 내 글씨 해독하는 능력 정도인 것 같았다. 형광 노랑 여덟 장, 형광 분홍 다섯 장, 검은 종이 열네 장…… 중얼중얼, 중얼중얼. 하릴없이 시멘트 바닥을 노려보았다.
"이게 다예요? 카운터까지는 제가 가져갈게요."
선심 쓰는 듯한 말투. 룰루랄라한 뒷모습. 어떻게 얘는 늘 즐거울 수 있을까?
"형광 색지가 전부 스무 장, 일반 색지가 열네 장 맞지요? 다 해서 8천 5백 원입니다."
"……."
"근데 왜 오늘은 검은색이 더 적어요오?"
니가 무슨 상관이세요, 라고 할 뻔했다. 문방구 청년은 익숙하게 색지를 차곡차곡 잘 말아 고무줄로 묶어주었다.

"아, 지난번에 검은색 많이 사가셨죠? 아직 많이 남아서 그런 거구나아."

지가 묻고 지가 답하고. 비닐봉지와 거스름돈을 건네받자마자 뒤도 보지 않고 도망쳐 나왔다.

정우는 이미 자기 집에 들어가고 없었다. 번호키를 누르는 내내, 일부러 몇 번이나 틀려보았는데도 옆집 문은 꿈쩍도 안 했다. 그냥 문을 열어버렸다. 어차피 시간도 없는 주제에 잘하는 짓이다. 봉지를 침대 위로 던졌다. 뎅그르르르. 봉지 속에서 색지 두루마리들이 빠져나왔다. 귀찮은 것들.

리모컨을 들려다 시계를 먼저 봐버렸다. 엄마가 들어오려면 아직 세 시간쯤 남았다. 그 사이에 서너 개 정도는 끝낼 수 있을지도 모르니까. 소파에 누우려던 몸을 일으켜 다시 방으로 굴러 들어갔다.

냄새가 났다. 잉크 냄새인지 종이 냄새인지. 아니면 뭔지. 문을 닫으니 더 역해왔다. 그래도 끝내야 했다. 모레 갖다 줘야 하니까. 지난밤 인쇄하고 숨겨둔 종이들을 찾느라 방을 또 한 번 뒤집었다. 그냥 책상 위에 올려둘 수만 있다면 이런 고생 하지 않겠지. 엄마 손이 한 번 닿을 때마다 더 엉망이 되는 내 방.

찾았다. 문구들은 컴퓨터 뒤에 숨겨져 있었다. 매번 그게 그거 같고, 그게 그거 같고, 그게 그거 같은 것들.

이 글씨는 노란색, 이 글씨는 분홍색. 문구에 샤프로 체크를 넣었다. 아무리 봐도 폰트가 참 예뻤다. 아까울 정도. 유치찬란하다 못해 신물이 날 것 같은 문구들을, 색지와 겹쳐 들고 잘라내었다. 형광 노랑, 형광 초록, 형광 분홍, 반짝이…… 요구 사항도 많다.

다음 단계. 검은 색지를 집어든 순간 문방구 청년이 떠올랐다. 오늘은 왜 더 적게 사냐고? 분명 알고 있는 거다. 아니, 알기는 진즉에 알았겠지. 그래서 매번 비웃는 거고. 그 헤실헤실 웃음이 잊혀지지가 않았다.

잡념이 들어가면 안 된다. 검은 색지 위에 형광 색지들을 붙일 때 가장 중요한 건 각도다. 글씨를 글씨답게 만드는 건 각도. 이놈의 각도 탓에 여름에 클레임 들어왔던 것만 생각하면 또 골치가 아파온다. 바탕이 검은색이기에, 풀칠이 어긋나면 끝장이다. 딱풀을 쥔 손에 힘이 꽉꽉 들어갔다.

방 안에 종이 부스러기가 쌓여간다. 재미없다. 정말로. 재미가 없다.

다 끝났다. 다행이었다. 엄마가 오기 전에 제대로 끝내서. 남은 종이 부스러기들을 봉지 안에 모아 넣었다. 실패한 것도, 쓰고 남은 것도, 죄다 긁어 봉지 안으로 밀어 넣었다. 빵빵해진 모양이 우스웠다.

대문을 열었다. 역시나. 눈이 내리고 있었다. 길이 꽉꽉 막혔으면 좋겠다. 서둘러 대문 옆에 놓여진 쓰레기봉투의 매듭을 풀었다. 오늘 아침에 내놓은 거라 냄새가 시큼했다. 한 손으로는 코를 막고 한 손으로는 쓰레기를 파헤쳤다. 가운데, 무조건 가운데를 노려야 한다. 상하좌우, 어디서부터 따져 봐도 딱 가운데인 곳. 손톱 사이사이로 오물이 껴들어왔다. 풀 찌꺼기 때문에 더 달라붙는 건지도.

가운데. 자리를 다 만들었다. 종이 부스러기로 가득한 봉지를 그 속에 얼른 넣었다. 예상보다 많이 나온 모양이었다. 자리가 비좁았다. 옆으로, 아래로, 밀고 또 밀었다. 그 바람에 바로 옆 자리의 까만 봉지가 터졌다. 엄마가 또 음식 쓰레기를 몰래 버렸나 보다. 손가락 사이사이로 김치 국물이 흘러내렸다. 내 봉지도 함께 붉게 물들어갔다. 차라리 잘됐지. 이러면 엄마도 뒤져볼 엄두를 안 낼 테니까.

자리를 만드느라 잠깐 복도 위로 내려놓았던 쓰레기들을 다시 주워 담았다. 내 손길을 따라 복도 바닥으로 빨간 국물들이 새겨졌다. 이따 발로 문지르면 되니까. 아까보다 조금 더 부푼 쓰레기봉투의 모양이 맘에 들었다. 눈은 아까보다 더 많이 오는 것 같았다. 길아 막혀라, 제발 막혀라. 엄마와 똑같은 방식으로 봉투의 매듭을 묶고, 무릎을 폈다. 이제 진짜 끝이다. 진짜 끝!

"너, 또…….."

무릎이 저려왔다. 깔끔한 정장 차림의 엄마가 나를 바라보고 있었다. 맞다. 오늘 낮에 나갔을 때 생각했었다. 요새 엘리베이터 딩동 소리가 잘 안 나니까, 더 조심해야 한다고. 너 또 그 짓 한 거야? 엄마의 눈이 내 손끝과 쓰레기봉투를 오갔다.

"……."

"대체 언제까지 이럴래? 어딨어. 만든 거 어딨냐고. 갖고 나와. 얼른 내놓으라고."

"……."

"다 불지르게! 얼른 못 갖고 와?"

깜빡했다. 아직 끝난 게 아니었다. 바닥에 김치 국물. 엄마 눈 안 거슬리게 얼른 슥슥 문질렀다. 하지만 엄마는 기어이 그걸 발견하더니 쓰레기봉투를 들어 내 머리를 내리쳤다. 그것도 몇 번씩이나.

"나가. 당장 안 나가?"

네네, 나가드려야죠. 엘리베이터까지는 스무 걸음, 하지만 달리면 몇 걸음인지 모른다. 엘리베이터는 다행히 우리 층에 그대로 있었다. 문틈으로 뛰어들어간 순간 쓰레기봉투 찢어지는 소리가 고막을 흔들었다.

홀로 탄 엘리베이터 거울로, 김치 국물이 얼굴을 타고 흘러내리는 게 보였다.

이 일을 시작하게 된 건 아마도 중학교 2학년 때였던 것 같다. 반에서 가수 따라다니기로 유명한 애가 있었다. 틈만 나면 조퇴중을 끊어서는 방송국이다 숙소다 미용실이다 어디든 다 따라다니는 걸로 소문이 시끄러웠다. 당연히 친구는 아니었다.

나는 원래부터 그런 걸 좋아하기는 했다. 종이 오리고 붙이고 꾸미는 거. 다이어리든 편지든 뭐든. 교실에서도 몇 번 펼쳐놓다 보니 구경하는 친구들이 몇 있었다. 환경 미화 때 패널 만드는 건 죄다 내가 했다. 그러니 나와 친구가 아니었다 하더라도, 그 아이가 내게 말을 건 것은 어쩌면 당연했던 걸지도 모른다.

아직도 기억난다. 점심시간이 끝나갈 때쯤이었다. 평소 같으면 이미 조퇴증을 끊고 나갔을 그 아이가 갑자기 내게 다가와 물었다. 너 플카도 만들 줄 알지?

"플카?"

"플래카드."

"그게 뭔데?"

"이런 거 말야."

그 아이는 자기 가방을 가져와 그 속을 조심스레 보여주었다. 검은 바탕에 형광 글씨, 그리고 겉은 비닐로 반질반질한 작은 네모 종이가 눈에 들어왔다. 뭔지 모르는 건 아니었다. 텔레비전에 보면, 방청석에서 그런 걸 들고 있는 애들 많이 봤으니까. 하지만 이걸 만든다고?

"너 종이 가지고 만드는 거 잘하잖아."

"……."

"내 거 너무 낡아서 그러는데, 이 색깔이랑 문구 그대로 해서 다시 만들어주면 5천 원 줄게."

"5천 원?"

"너무 적은가? 그럼 재료비 보고 수고비 더해서 적당히 줄게."

"아니, 그게…….."

저 쪼그만 거 만드는 데 재료비야 당연히 3천 원을 넘을 리가 없고, 사실 수고비랄 건 없는데. 잠시 망설이는 사이, 아이는 내가 승낙했다 생각한 건지 그 플카인지 뭔지 하는 걸 지 가방에서 내 가방으로 몰래 옮겨 넣고는 다음 주 월요일까지 부탁해, 라고 하더니 돌아섰다.

생각해보면 첫 일 치고는 진짜 수월한 편이었다. 완성본이 미리 있는 상태였고, 폰트나 글씨 크기, 색지 종류 가지고 씨름할 일도 없었으니까. 게다가 그 시절 시세를 생각하면 꽤 많이 받은 편이었고. 어쩌면 그 아이는, 그때 내게 그 비싼 돈을 주고 맡겼던 걸 땅 치고 후회하고 있을지도 모르는 일이었다.

그게 벌써 5년 전 일이다. 그 사이 이제는 플카에 비닐 코팅은 거의 안 하는 게 유행이 될 정도로 많은 변화를 거쳤는데 나는 여전했다. 재료비도 그저 그렇고. 5년이나 흐르는 동안, 종이 값은 더럽게도 안 올랐다. 똑같은 종이인데 문제집 값만 올라대고 말이다. 그래도 돈 벌 구석이 그것밖에 없어서 나는 이 일을 놓지 못했다.

어디를 가야 할지 몰라 눈 속을 헤매고 다녔다. 눈싸움을 하던 아이들이 내 볼에 굳은 김치 국물을 가리키며 거지 거지 하며 웃는 게 들려왔지만 놔뒀다. 거지 맞으니까. 집만 나오면 난 거지다. 어디 갈 곳도 없고 돈도 한 푼 없고. 게다가 이 눈 속에 잠옷 바람이다. 제대로다. 진짜 어떻게 매번 이런지 모르겠다.

떠오르는 사람이라고는 정우뿐이었다. 분명 너 또 찌질이 짓 했지, 라고 비웃을 게 뻔하지만. 그래도 정우밖에 없었다. 하지만, 그래서. 갈 수가 없었다.

발걸음은 나도 모르게 아는 길, 익숙한 길만 밟으려 들었다. 주말이면 엄마 피해 도망치는 독서실, 몇 번이나 다니는 척해봤던 학원 앞, 별 추억도 없이 나온 학교들, 그놈의 플카 제작비 들어왔나 체크하러 들르는 은행, 다 만들면 배송하느라 오는 우체국, 그리고 재료 사러 거의 매일 오가는 문방구.

문방구 불이 꺼져 있었다. 시계가 없어 모르겠지만 아직 이른데…… 아니다. 내가 잘못 안 거겠지. 어쩌면 처음부터 시계를 잘못 본 걸지도 모른다. 엄마가 생각보다 일찍 온 것도 그렇고, 아무리 겨울밤이라 해도 이렇게 벌써부터 춥고 어두운 것도 그렇고. 그래, 내가 하는 짓이 다 그렇지 뭐.

버스 정류장을 몇 개나 지나친 걸까. 가끔 배송비 아낀다고 현장으로 직접 가져다달라는 애들 때문에 몇 번 와봤던 방송국이 눈 사이로 보였다. 나는 매번 교통비 아낀다고 여기까지 걸어오고. 반짝반짝. 언젠가 크리스마스였을까. 아직인가. 전구 장식이 예뻤다. 그리고 보니 요새는 플카도 LED로 만든다는 게 생각났다. 내년에는 몇 개나 팔 수 있을까. 아무 의미도 없는 종이 쪼가리들, 그래도 내 밥줄인데. 밀리면 안 되는데.

"어? 저기, 나 알죠? 알죠?"

누군가의 손이 내 팔을 붙드는 감촉보다 그 목소리가 먼저 귓속을 파고들었다. 익숙한 목소리. 아니나 다를까. 헤실헤실쟁이, 문방구 청년이었다.

"여긴 웬일이에요?"

"……."

그거 내 대사 아닐까. 어이없게 귀여운 털모자를 쓰고 있길래 비웃어주고 싶었다. 하지만 잠옷 바람에 김치 국물인 나보다야 낫겠지.

"집 나왔어요?"

"무슨 상관이에요?"

"아는 사람이니까."

됐다, 됐어. 손을 뿌리치고 돌아섰다. 오늘 진짜 재수 없는 날이다. 문방구 청년을 두 번이나 만나질 않나, 엄마한테 또 걸리질 않나, 그 상태로 쫓겨나질 않나. 이대로 있다가 비명횡사하겠다 싶었다. 집에 들어가 싹싹 빌면 받아줄까. 슬리퍼 구멍으로 들어온 눈 때문에 동사 직전인 내 발이 불쌍해, 차라리 달리려 자세를 잡고 있는데 또 붙들렸다.

"저기요오."

전부터 생각했지만 얘는 말끝을 늘이는 게 습관인가 보다. 뭐예요, 라고 돌아서자 머리에 씌워지는 이상한 따스함.

"추운데 이러고 다니면 감기 걸려요."

"……그러니까 무슨 상관이냐니까요."

"아는 사람이잖아요."

내가 알고 나를 알면 되는 거잖아요, 라며 씩 웃는데 질렸다. 우스꽝스러운 곰탱이 털모자 덕분에 내 꼴만 더 웃겨졌다. 그래도 머리는 따뜻해졌다.

번호키라서 다행이다. 예전처럼 열쇠로 여는 거였다면 난 진짜 집 앞에서 그대로 얼어 죽었을지도 모른다. 엄마는 자는 건지 무시하겠단 건지, 일부러 대문 소리를 크게 내보았는데도 나오지 않았다. 방에 들어가기 전에 화장실이 먼저였다. 말라붙은 김치 국물을 닦아내고, 온수로 손발을 녹였다. 맘만 같아선 온몸을 다 담그고 싶었지만 한밤중에 물 많이 쓴다고 아랫집이 민원 넣을까 봐 그럴 수 없었다.

슬금슬금 방으로 들어가 컴퓨터를 켰다. 새로운 주문 다섯 개. 엄마한테 대대적으로 걸린 시점에 참 타이밍도 잘 맞춘다. 내일 또 문방구에 가야 한다. 걸릴 염려만 없으면 아예 한 번 갔을 때 많이 사와서 창고처럼 쌓아놓고 넉넉히 쓰고 싶은데. 매번 내 방을 뒤져보는 엄마 때문에 그럴 수가 없다. 안 그래도 그새 뒤져본 것처럼 서랍 속이며 침대 밑이 엉망이었다. 휴대폰 배터리도, 난 아무것도 안 했는데 두 개나 나가 있고. 주문을 메일로 받아보기로 한 건 그야말로 선견지명이었나 보다.

아니, 어차피 엄마는 모른다. 이게 장사라는걸. 아마 주문을 문자로 받았다 하더라도 뭔 소린지 모르고 넘겼을 거다. 내가 이 일만 하고 있으면 눈에 불을 켜고 달려드는 그 표정이 머릿속에서 떠나질 않는다. 색지를 오리고 붙이는 내내, 늘 떠오른다.

순간 손끝으로 진동이 전해져왔다. 정우다. 부르르르. 살짝 울리는 그 느낌이 심장까지 닿았으면 좋겠어서 오래 들고 있었다. 그랬더니 쾅쾅. 갑자기 벽이 울렸다.

"여보세요?"

"너 또 전화기 들고 멍 때리고 있었지."

"그래서 벽 친 거야?"

"집에 온 거 뻔히 알거든."

"어떻게?"

"대문 좀 얌전히 닫아라."

역시 정우다. 아까 온수에 손발을 담그고 있던 것보다 더, 손끝 발끝이 따스해졌다.

"너 오늘도 걸렸지?"

"들렸어?"

"아마 위아래로 세 층 정도는 다 알았을걸. 너네 엄마 목소리가 좀 커야지."

"그러게."

"그러니까 왜 그런 걸 만드냐?"

"……"

"만들지 말라고 했잖아."

정우가 하지 말라는 건 다 하지 않을 수 있는데, 그놈의 것만은 멈출 수가 없었다. 왜일까.

"다 쓸데없는 짓이라니까."

"알아."

"알면서 왜 따라다녀?"

엄마는 정우를 싫어한다. 그래서 나와 밥상에 멀쩡히 앉는 드문 날에는, 정우 욕을 멈추지 않는다. 정우는 불량하니까 가까이 하지 말란 소리는 벌써 10년 가까이 들어온 것 같다. 문제는 그 소리가 늘 정우 귀에 들어간다는 거다. 복도를 통해 옆집 소리가 다 들리니까. 그러니까 정우도 엄마를 싫어한다. 하지만 두 사람은 아마, 내가 이어주려고만 든다면 의외로 잘 맞는 수다 상대가 될지도 모른다. 당연히 화젯거리는 나. 내가 가수 따라다니느라 시간 낭비, 돈 낭비나 하고 있다고 두 사람 다 똑같이 오해하고 있으니까.

오히려 내가 두 사람보다 더 걔네를 싫어하는데.

"내가 따라다니는 거 아니라니까."

"나 너 방송국에 있는 거 몇 번 봤다."

"그거 다 아니라니까."

"암튼 넌 당해도 싸."

"맘대로 해. 나 잘 거야. 끊어."

아무래도 조만간 정우를 집에 초대해 엄마와 연결시켜줘야 할 것 같았다. 정우는 나날이 엄마가 되어간다. 엄마처럼, 자꾸만 나를 밀어낸다. 아니라고 아니라고 외쳐도 내 말은 들어주지도 않는다.

대문을 열 때마다 정우가 있기를 기대한다. 하지만 그 기대는 대부분의 경우 좌절되고 만다. 터덜터덜. 눈 위로 발자국이 새겨졌다.

"어서 오세요."

문방구 청년은 반대다. 오늘은 없길 바라며 열었는데, 오늘도 있었다. 스치듯 색지 코너로 들어갔다. 구석에 있으면 CCTV만이 나를 바라본다. 구석 자리를 좋아하는 사람은 다들 나처럼 어딘가 불쾌한 사람일지도 모른다.

"뭐 찾으시는 거 있어요오?"

역시나. 바로 따라와서 묻는다. 언제나처럼 종이를 꺼내려다 생각난 김에 모자부터 건네주었다. 김치 국물이 잘 빠지지 않았지만 돌려줄 건 돌려주자 싶어서.

"따뜻했죠?"

"……."

"고마워요. 안 그래도 어제 이 모자 없어서……"

"그런 걸 왜 날 빌려줘요?"

"그야."

"아는 사람이니까?"

"당연하죠."

"내가 안 돌려주면 어쩌려고?"

"그럼 다시 사면 되고."

너 바보세요? 입술 끝까지 올라온 비난을 삼켰다. 종이를 내밀었더니 문방구 청년도 오늘만은 입을 꾹 다물고 색지를 꺼내준다.
"카운터까지는 제가 가져갈게요."
"……."
"이제 검은색 안 남았어요?"
"원래 안 남아요."
그러니까 맨날 사러오지.
"근데 어제는 왜……."
"바탕이 형광인 게 있었으니까."
우당탕탕탕. 카운터 위로 색지 두루마리가 요란스레 떨어졌다. 깜짝이야. 쳐다보자 나보다 더 당황한 표정의 문방구 청년이 서둘러 종이를 붙들며 내게 물었다.
"그럼 글씨가 검정이에요?"
것 봐, 얘 내가 뭐 만드는지 안다니까. 그냥 고개만 끄덕거리고 말았더니 갑자기 어제처럼 덥석 내 손을 붙들었다.
"그거 진짜 눈에 띄겠네요."
"네?"
"특히 주변 사람들이 다 검정 바탕이면 그게 더 눈에 띄겠네요."
"아, 뭐……."
"그럼 테두리는 뭘로 해요?"
"……다른 형광색으로요."
검정, 초록, 노랑, 분홍…… 중얼중얼. 웬일로 웃질 않고 뭔가 진지했다. 오히려 내가 놀라 멍하니 쳐다보고 있었더니 갑자기 고개를 끄덕였다.

"해주세요."

"뭐, 뭐를요."

"분홍에 검정에 노랑으로요."

"예?"

"형광 분홍이 바탕이고, 글씨는 노랑으로요. 그리고 글씨 테두리를 검정으로 해주세요."

"아, 네……."

"글씨를 다 검정으로 하는 것도 좋을 것 같은데 그것보다 아예 테두리를 넣어서, 그래서 테두리를 검정으로 돌리는 게 더 눈에 띌 것 같아서요."

"테두리 하면 글씨 크기 좀 작아지는데 괜찮아요?"

"대신에 테두리 포함해서 일반 사이즈면 되니까요."

잠깐만. 이 대화 왜 이렇게 술술 잘 풀리지? 그럼 문방구 청년도?

"가수 따라다니는 것들 진짜 정신 나간 애들이야."

아니나 다를까. 엄마는 집에 들어오자마자 어제의 일에 대한 총평을 쏟아냈다. 이럴 땐 그냥 아무 대꾸 안 하는 게 낫다. 그래도 오늘은 엄마가 오기 전에 주문받은 거 다 끝내고 몇 개는 배송까지도 완료했다. 쓰레기 처리도 완벽했고. 부지런히 움직여 다행이었다.

"옆집 애 또 학교 빼먹고 방송국에 있다가 지 오빠한테 잡혀왔더라."

"정우가 잡아왔어?"

"그래. 요 며칠 내내 학교를 안 갔는지 걔가 아예 방송국에서 진을 치고 있었대."

"어어."

"그러니까 너도 조심하라고."

"내가 뭐."

"그 짓 좀 그만하고. 니가 그렇게나 좋아하는 정우 그 자식도 싫어하니까."

"난 아니라니까."

"그럼 어제는 뭔데."

엄마가 싫어하는 그 짓 하는 애들한테 돈 받고 일한다 그러면 더 난리가 날 테니. 이번에도 입을 꾹 다물었다.

문방구 청년이 생각났다. 여자 아이돌을 좋아한단다. 벌써 따라다닌 지가 10년이 다 되어간다고. 연습생 시절부터 다녀서 통성명도 하고 편지 답장도 받은 적이 있단다. 그런 게 가능한 건가. 물으려다 누구 팬이길래 그런 것도 모르냐 되물을 것 같아 관뒀다. 모르는 티를 내면 일을 하기 어렵다. 무조건 아는 척해야지.

내가 이 일을 하고 있단 건 처음 봤을 때부터 알았다고 했다. 역시 매번 사가는 색지 색깔이 그렇고 그러니까. 자기는 예전부터 써오던 게 있는데 요새 아무래도 자꾸 묻히는 것 같아서 눈에 띄는 게 필요하다고, 정말 절실한 목소리로 만들어달라고 했다.

다들 그런 걸까? 내게 만들어달라 하는 애들 모두. 그렇게 절실할까?

"당연하죠."
"뭐가 당연해요."
"내 걸 봐주면 좋으니까."
새로 주문받은 거 재료 때문에 며칠 만에 들른 문방구. 자기 거 언제 만들어줄 거냐고 재촉하는 목소리는 평소보다도 더 들떠 있었다. 이틀 후에 방송국 앞에 들고 갈 거니까 그날 점심때까지 갖다 주기만 하면 돈을 바로 주겠다고 했다. 물론 그 전에 완성되면 문방구로 들고 가면 되고. 그래도 '아는 사람'인데 사기는 안 치겠지, 그리고 괜히 계좌번호 적어주고 입금된 거 확인하는 것보다야 편하겠지 싶어서 결국 하겠다고 했다.
"근데 방송국 앞에서 받아도 돼요?"
"네, 그날은 계속 밖에 있을 거예요."
"왜요?"
"라디오거든요."
"아아……."
그래서 뭐?
"차 안에서 보는 거니까 검정 테두리가 진짜 눈에 띌 것 같아요."
"그러게요."
"두 번 다 봐줬음 좋겠는데."

그러니까 라디오 녹음하러 들어갈 때랑 마치고 나올 때 그 사이 잠깐 보여주겠다고? 그것도 직접 가까이서 보는 게 아니라 차 안에서? 분명 선팅한 차일 텐데. 진짜 이해 불가다. 엄마 말대로 정신 나간 게 분명하다.
"다 만들어지면 사진 찍어서 작게 인쇄도 하려고요."
"왜요?"
"편지마다 붙이게요."
"……."
"그럼 편지 쓴 사람이랑……."
"플카 든 사람이 동일 인물인 거 알겠네요."
아예 도배를 하지. 그렇게 알아주면 좋을까?

그럼 나도 엄마랑 정우 용으로 문구라도 하나 정해서 들고 다녀야 하나.
풀칠을 하다 문득 그런 생각이 들었다. 오늘도 서너 개쯤 만들었다. 이제 남은 건 딱 하나. 바로 문방구 청년 거. 왠지 손이 안 갔다. 오늘은 엄마가 늦는 날이라 안전한데, 시간도 넘쳐나는데도 손이 안 갔다. 문구만 뽑아놓고 계속 쳐다만 보고 있었다. 내일 낮까지 만들어준다고 그랬는데. 괜히 만들어준다고 그랬나.
옆집 대문 열리는 소리가 들렸다. 달칵거리는 라이터 소리도. 정우다.
대문을 열자 찬바람보다도 담배 냄새가 먼저 집 안을 채울 듯

들이닥쳤다.

"이 밤에 또 문방구 가게?"

"아니."

"그럼 왜."

"너 보려고."

"맨날 보는 거 왜."

그냥 옆에 가서 섰다. 싫은 담배 냄새도 견딜 수 있었다. 정우 거니까.

"혹시 들렸냐?"

"뭐가?"

"내 동생 소리."

"아니."

오늘은 엄마가 늦는다고 전화도 줬으니까, 작업 내내 잡념을 버리고 집중했더니 아무 소리도 못 들었다. 정우는 눈을 돌린 채 이를 악물고 한 마디 한 마디 내뱉었다.

"내 동생이 자꾸 너처럼 다녀."

"어?"

"너처럼 거길 간다고."

"난 아니라니까."

"내 동생이 들고 다니는 거, 니가 만든 거지."

"아니."

"그럼 누가 만들어줘. 바로 옆집에 니가 있는데."

"……."

"니가 뭐 하고 다니는지, 우리 아파트 사람들 다 아는데."

"아니야."

아니란 소리를 몇 번을 하니 지쳤다.

"혼냈더니 하는 소리가, 너는 봐주면서 왜 자기만 이렇게 못 다니게 하내."

"……."

"그래서 말했어. 둘 다 하는 짓 거슬리는 건 똑같지만 유미는 남이고, 너는 가족이니까 챙기는 거라고."

유미는 남이고…….

"너 때문이야."

"……."

오늘 밤에는 더 추워졌으면 좋겠다. 정우가 담배 피러 못 나오게.

엄마는 내가 정우 때문에 대학에 가지 못했다고 확신하고 있다. 정우가 옆에 붙어 있는 바람에 내가 엇나갔다고 믿는 것 같았다. 머리가 나쁜 것도, 손재주가 있는 바람에 쓸데없는 짓이나 하고 앉아 있는 것도, 재수를 시켜도 맨날 성적이 변변찮은 것도, 학교 친구조차 제대로 사귀지 못한 것도 다 정우 탓으로 돌린다. 그리고 이제는 플카 만드는 것까지도 정우 탓을 했다.

하지만 정우에게는 그게 다 내 탓인가 보다. 그저 다 내 탓인가 보다.

아니, 어쩌면 엄마도 정우 탓을 하며 그냥 내 탓을 하고 있는 걸 수도 있다. 어차피 잘못된 건 나니까. 죄다 어긋난 것도 나니까.

"내꺼 하자가 뭐야……."

혼잣말 같은 거, 할 줄 몰랐다. 할 줄 모르는 건 하지 않았다. 그런데 한 번 내뱉고 나니까 더 할 줄 모르게 될 것 같았다. 어쩔 줄을 몰라 가위질, 풀칠을 반복했다. 정우 덕분이다. 나는 정우 덕분이다. 정우 덕분에 문방구 청년 거나 만들고 있다. '내꺼 하자' 이런 유치한 문구나 오리고 있다.

"남이고가 뭐야……."

누구는 누구한테 내꺼 하자고 그러는데. 눈물이 떨어졌다. 형광 노랑 위에 떨어졌다. 다행이다. 그 부분에 글씨 붙이면 종이가 운 건 티 안 날 테니까. 문방구 청년이 느는 건 내 글씨 해독하는 능력, 내가 느는 건 플카 만드는 능력뿐이었다. 풀칠에 힘이 들어갔다. 딱풀 찌꺼기가 손에서 찐득거렸다.

완성. 30분도 안 걸렸다. 이대로 문방구 갖다 줘도 되겠다 싶어 시계를 올려봤더니 한참 새벽이었다. 엄마는 진짜 많이 늦을 건가 보다. 종이 부스러기들을 모아 비닐봉지에 밀어 넣고 일어섰다.

대문을 열었다. 날이 별로 춥지 않았다. 그렇다고 정우가 다시 나올 리는 없겠지. 쓰레기봉투 매듭을 풀고 가운데를 파헤쳤다. 엄마는 또 음식 쓰레기를 몰래 넣은 모양이었다. 냄새가 코를 찔렀다.

"너!"

오늘은 정말 너무너무 집중했나 보다. 정우가 동생 혼내는 소리도 안 들리더니 이제는 멀쩡하게 고친 엘리베이터 소리까지 못 들었다. 빠른 걸음으로 달려온 엄마가 나를 노려보았다. 그리고 소리부터 버럭 질렀다.

"또 이 짓거리야? 내가 자리만 비우면 그거 만들어서 갖다 바칠 궁리만 하냐? 어?"

"……."

"니 머릿속엔 오로지 그것밖에 없어? 그러니까 재수를 해도 대학을 못 가지! 어?"

그 다음엔 또 무슨 험한 소리가 나왔는지 모르겠다. 머릿속에 번뜩 드는 생각이라고는 오로지, 방 안에 문방구 청년 거를 완성된 채로 그대로 놔두고 나왔단 사실뿐이었다. 그거, 찢기면 또 만들어야 하는데.

슬리퍼를 신은 채 집 안으로 들어갔다. 엄마는 손에 잡히는 대로 내게 던져댔다. 머리에서 이번엔 김치 국물이 아니라 흙이 흘러내렸다. 화분을 깬 것 같았다. 아무튼 난 나가야 했다. 문방구 청년 것만 제대로 사수하고.

'내꺼 하자 ○○○'. 이따위 문구나 사수하자고 내가 이렇게 뛰어야 하다니. 재미없다. 진짜로 재미없다.

엘리베이터 거울을 통해 엉망진창인 내 꼴이 그대로 전해져왔다.

손발에 감각이 없었다. 방송국 경비원은 아까부터 내 주위를 서

성이며 쫓을까 말까를 고민하는 듯했다. 거지 같겠지. 하긴 내가 봐도 거지 거지 이런 상거지가 없었다.

밤을 샜다. 해가 뜨는 것도 봤다. 경비원 교대하는 것도, 방송국 직원들 출근하는 것도 다 봤다. 그리고 아침부터 한 무리 대열을 만들고 사라지는 여자애들, 남자애들도 봤다. 그 속에 정우 동생이 있었을지도 모른다.

"아가씨, 집 어디야?"

드디어 경비원이 큰맘 먹고 내게 말을 꺼낸 순간, 저 멀리서 문방구 청년이 그 우스꽝스러운 곰탱이 털모자를 쓰고 달려오고 있었다. 아무래도 아저씬 밥 먹기 전에 비위 안 상하려고 각오하고 말을 꺼낸 것 같은데, 이제 집에 갈 거니까 됐네요. 뭐.

문방구 청년은 내 꼬라지를 보고 별로 놀란 것 같지 않았다. 하긴 저번에도 봤으니까. 경비원이 더 뭐라고 하기 전에 얼른 헤실헤실쟁이에게 플카를 건네주었다. 역시나 우리 둘이 그러고 있는 걸 보니 뭐라 할 말이 없는지 경비원의 발걸음이 저만치 멀어졌다.

"와, 폰트도 너무 귀여워요. 반짝이 하트도 붙여주셨네요."

"눈에 띄라고요."

"얼마 드리면 됐었죠?"

"6천 원이요."

수고하셨어요, 라며 6천 원과 동시에 또 곰탱이 털모자를 내밀었다. 며칠 전에 느꼈던 그 이상한 따스함이 그리웠다.

"됐어요."

6천 원만 받고 털모자는 밀어냈다.

"추운데 감기 드는데……."

"아는 사람이니까 걱정해주는 거죠?"

"당연하죠."

"이제 모르는 사람이니까 괜찮아요."

"네?"

"이제 우린 모르는 사람이 될 거니까 신경 꺼요."

멍한 표정의 문방구 청년을 뒤로하고 돌아섰다. 저 멀리 정우가 달려오는 게 보였다. 반가운 마음은 들지도 않았다. 또 지 동생 찾으러 오는 거겠지. 아무래도 아까 그 여자애들 무리 속에 있긴 있었나 보다. 또 내 탓을 하겠지. 나 때문이라 그러겠지. 어느새 나를 잊은 채 커다란 차를 향해 보내는 문방구 청년의 환호성이 귀를 채웠다.

걸음을 다시 돌렸다. 이제 정우와 같은 방향. 달렸다. 문방구 청년을 지나고 수많은 플카들과 아이들을 지났다. 좁은 길 건너편에 정우 동생이 보였다. 지나온 만큼의 수많은 플카들도 보였다. 사랑해, 내꺼, 같이해, 끝까지. 눈부신 형광 글씨들이 메스껍게도 빛났다.

그리고 그곳에 멈췄다.

커다란 차가 나를 향해 다가오고 있었다. 이런 차를 벤이라고 부르는 거였지. 어째서인지 그런 생각을 하자 발이 더 이상 움직이지 않았다. 무언가가 그대로 나를 거기에 묶어둔 것처럼. 앞으로도 뒤로도 갈 수가 없었다. 그리고 쿵, 내 몸이 단단한 차체에 부딪치는 게 느껴졌다. 난 여전히 가만히 있는데. 어째서 다른 것들은 제멋대로 움직이는 걸까.

하늘이 보였다. 순식간이라 잘 모르겠지만 그랬던 것 같다. 머리가 아팠다. 이마 위로 무언가가 타고 내려왔다. 빨갛고 끈적끈적한 느낌. 김치 국물이 아니란 건 잘 알았다. 너무 아파, 너무 아파, 너무 아파. 곰탱이 모자라도 받을 걸 그랬다는 헛생각이 들었다.

그리고 모든 것은 멈췄다.

누구 아는 사람 있어요?

1

세상의 모든 김은주와 김은주를 사랑하는 세상의 모든 분들께.

이렇게 앞에 나서 편지를 읽는다고 해결될 일이 아닌 것은 압니다. 지금 얼마나들 힘드신지요. 뉴스랑 신문이랑 꼼꼼히 읽곤 있는데 아무리 제 자식이라 해도 진짜 치가 떨리더군요. 그래도 제가 어미라고 정은 있었는지 방송 섭외를 받자마자 이러고 있습니다. 이 말도 안 되는 편지를 이해해주세요.

솔직하게, 제 딸자식이 이상했던 건 하루 이틀 일이 아닙니다. 할 수만 있다면 진작 제가 감옥에 넣었지요. 바깥에 내놓기 두려워 집에 가두기도 여러 번이었습니다. 그러다 집 안에 두기도 두려워 바깥에 내놓기도 여러 번이었죠. 네, 결국은 다 제 불찰이었습니다.

우리 은주가 태어날 때부터 이상했던 건 아니었어요. 너무 멀쩡해서 아무 걱정 없이 잘만 키웠죠. 문제는 애가 유치원에 들어가면서부터였습니다. 어느 날, 그 조그만 애가 상 앞에 앉아 끙끙거리면서 뭔가를 그렸다가 지웠다가 그렸다가 지웠다가 몇 번을 반복하더군요. 어린 자식이 뭔가를 한답시고 그러고 앉아 있는 게 대견해서 가까이 가 봤던 저는 깜짝 놀랐습니다. 수많은 노란 사람들이 스케치북 한 가득 그려져 있더군요. 그때 제가 애 병을 짐작했어야 했는데. 죄송합니다. 아무튼 그때 저는 이렇게 물었어요.

"은주야, 뭘 그렇게 그렸어?"

애는 대꾸도 않고 또다시 노란 크레파스로 무언갈 그리더군요. 간호사였습니다. 근데 제가 그 그림이 간호사라는 걸 눈치챌 정도로 모양이 잡히자마자 또 크레파스로 빡빡 지워버리는 겁니다. 간호사 옆에는 그렇게 지워진 사람들이 아주 많았습니다. 하도 빡빡 지워놔서 원래 뭐였는지 도대체 알 수 없는 사람들뿐이었지만, 아무래도 선생님이나 의사, 가수 등 그 또래 아이들이 그릴 법한 직업의 사람들이었던 것 같습니다. 잘은 기억 안 나지만 어쨌든 사람을 그리고 지우고 그것만을 몇 시간째 반복했던 것은 확실합니다.

저녁을 차릴 때까지도 그러고 있길래 아무래도 이상해서 선생님한테 전화를 걸었지요. 도대체 유치원에서 무슨 일이 있었길래 애가 하루 온종일 그림만 그리고 있는 거냐고. 그랬더니 선생님이 수화기 너머에서 아무렇지 않게 말씀하시더군요.

"아, 어른이 돼서 뭐가 되고 싶은지 그려오라고 숙제를 내줬거든요."

그때 알았어야 했는데. 내 자식은 결국 뭐 하나 제대로 되지도 못하고 이런 끔찍스런 범죄나 저지를 애였다는 것을. 그저 죄송합니다.

은주는 그날, 억지로 침대에 눕히기 전까지 밥 한 숟갈도, 물 한 모금도 입에 안 대고 그림만 그려댔습니다. 이제 자야 한다고 윽박지르듯이 애를 침대에 눕혔을 때, 사실 꺼림칙하긴 했어요. 내 자식이지만 이럴 줄 알았더라면 진작 내다 버렸을 겁니다. 그날, 애는 못 버렸어도 그 스케치북은 버렸어야 했는데.

결국 뉴스에까지 나오더군요. 아동 심리 치료라나 뭐라나, 그런 거 공부하시는 분들도 기막혀 하시더군요. 이건 뭐 답이 나올 그림이 아니라고요.

맞습니다. 우리 은주는 답이 나올 애가 아니었어요. 답이 나왔으면 지 아빠가 그렇게 때렸을 리도 없지요.

2

은주가 저지른 일이 하나 더 밝혀졌다고 방금 뉴스에 또 나오더군요. 자식 일을 자식한테 직접이 아니라 이렇게 듣는 제 팔자도 참 우습네요. 어쨌든,
세상의 모든 김은주와 김은주를 사랑하는 세상의 모든 분들께.

첫 번째 편지가 방송에 나가고 나서 답장이라기엔 뭣한 것들이 제게 왔었어요. 애를 왜 방치했냐는 비난이 가장 많았던 것 같네요. 나중엔 귀찮아서 메일이고 문자고 오는 족족 지워댔지만요. 아니 도대체 제 연락처는 어떻게 알고들 그렇게 보내신 거래요? 하긴 죄인 자식 낳고 기른 제가 죄인이지, 벌주는 양반들이 죄인이겠어요?

은주 아빠가 애를 어떻게 때렸는지는 이미 보도 나가서 알고 계실 거예요. 그런데 한 가지 정정하고 싶은 일이 있어요. 아빠는요, 상습적으로 폭력을 휘두르진 않았어요. 만약 은주가 그렇게 주장하고 있는 거라면 사형선고를 받아도 울지 않겠어요.

아빠가 은주를 때린 건 딱 한 번뿐이었어요. 고등학교 1학년 때였나. 담임한테 받았다며 회색 종이를 팔랑대며 들어왔을 때까지만 해도 은주는 멀쩡했어요. 생활기록부에 기록할 장래 희망이랑, 문과냐 이과냐 고르라는 종이였죠. 저는 물었어요.

"은주는 문과 가고 싶어, 이과 가고 싶어?"

첫 번째 편지 방송 이후 많은 분들이 우리 모녀 사이를 오해하신 것 같아요. 아네요, 우린 서로를 미워하지 않았어요. 특히 전 은주를 사랑했죠. 물론 유치원 때 일화를 생각하면 아직도 소름이 돋지만. 그래도 제가 배 아파 낳은 자식인데 어쩌겠어요? 배 속으로 다시 밀어 넣기엔 이미 너무 커버렸고, 넣는다고 들어갈 애도 아니죠. 은주의 이상한 행동은 사실 이 날부터 본격적으로 시작된 것 같아요. 아니, 그렇다고 애 아빠의 폭력이 애를 망친 건 아니라니까요. 은주는 태어날 때부터 이상했어요. 그건 애를 낳은 제가 장담할 수 있죠. 네? 저번엔 낳을 땐 정상이었다고 그랬나요, 제가? 그러면 그래도 정상일 때가 더 많았다 하죠, 뭐. 그러니까 안 버리고 키웠겠죠. 그 스케치북 사건 같은 일이 매일 일어나면 제가 어떻게 은주를 견뎠겠어요?

아무튼, 은주는 제 질문을 듣고 잠깐 고민하는 것 같았어요. 그러고는 아무렇지 않게 아빠 오면 얘기해보자라고 하는 거예요. 이것 보세요, 우리 가족 사이가 나빴던 건 절대 아니라니까요. 아빠랑 은주 사이도 절대 나쁘지 않았어요. 솔직하게 우린 남 눈총 다 받아가며 참 오냐오냐 은주를 키웠거든요. 더군다나 애 아빤 애가 이상한 것도 몰랐어요. 스케치북 얘기를 제가 안 했거든요. 뭐 하러 그런 얘길 하겠어요. 하도 귀하게 얻은 자식이라, 그냥 건강하게 자라면 이상해도 된다고 생각했죠. 게다가 이상하다는 게 어디 뭐 몸이 성치 않은 것도 아니고 헛소리를 하고 다니는 것도 아니고 남을 때리고 다니는 것도 아니고, 그냥 가끔 섬뜩할 때가 있는 것뿐이니 저 혼자 견디면 괜찮다 생각했어요. 물론 잘 압니다. 이것도 제 불찰이지요, 암요. 그렇고말고요.

저녁에 애 아빠가 돌아왔길래 그 회색 종이를 들이밀곤 은주랑 얘기해보라고 말했죠. 은주 아빠는 왠지 굉장히 들떠하며 은주를 앉혀놓곤 우리 은주는 어느 쪽에 더 관심이 있어? 라고 참 다정하게도 물어봤어요. 그랬더니 은주가 가만히 또 고민을 하더니 이거 꼭 골라야 돼? 라고 되묻더라고요. 어이가 없었죠. 골라야 하는 걸 몰랐던 걸까요? 그 정도로 애가 이상하진 않았는데 말이죠.

"은주는 뭐가 되고 싶은데?"

은주 아빠는 전혀 당황하지 않았어요. 은주가 이상하단 걸 몰랐으니 그랬던 거지, 알았으면 그렇게 태연할 수가 없었어요. 솔직히 전 그때도 은주 때문에 소름이 돋고 있었거든요.

"아무것도 되기 싫어."

한참 후에야 은주가 그런 말을 하니, 우린 같이 놀랐어요. 사실 이제 와서 자랑해봐야 범죄자의 이력이지만 은주가 공부는 좀 했거든요. 문과든 이과든 다 잘할 것 같았어요. 그러니 애 아빠는 아무 의심도 안 하고 그 말을 그냥 '워낙 다 좋아하고 잘하니까 고를 수가 없다'는 식으로 받아들인 듯 했어요. 물론 저야 아무 생각도 못하고 있었죠. 왠지 모르게 자꾸만 스케치북 속의 노란 사람들이 떠올랐거든요.

"그럼 성적표라도 보면서 아빠랑 골라 볼까? 사회 쪽이 낫나, 과학 쪽이 낫나?"

"안 해. 난 아무것도 안 될 거야."

은주는 고개를 세차게도 흔들었어요. 마치 자기 머리카락에 사회랑 과학이 붙어 있는 것처럼, 그걸 떨쳐내려는 듯이 말이죠. 이쯤 되니 애 아빠도 뭔가 이상한 느낌을 받았던 게 분명해요. 살짝 표정을 굳히면서 물었거든요.

"아무것도 안 될 거라니 그게 무슨 뜻이야?"

"난 아무것도 되고 싶지 않아."

"그러니까 그게 무슨 뜻이냐고."

"난 아무것도 되고 싶지 않다고. 그러니까, 차라리 아무거나 될래. 상관없어."

전 그때 메스꺼웠어요. 노란 크레파스의 그 그림이 눈앞에 있는 것만 같았죠. 노란 사람들이 제 앞으로 스멀스멀 기어오고 있었어요. 그래도 구역질이 올라오는 걸 참고 어떻게든 엄마로서의 역할에 충실하려고 은주야, 차근차근 설명해야지. 라고 한 마디 해줬죠.

은주는 저를 빤히 쳐다봤어요. 은주는 눈빛으로 꼭 저한테 이렇게 말하고 있는 것 같았어요. 엄마가 생각하는 대로예요, 나는 끔찍한 애예요, 라고. 그때 알았으면 이런 일은 일어나지 않았을 텐데. 그러고 보면 은주는 저한테 내내 암시를 줬던 것 같아요. 자신이 어떤 사람인지 눈치 좀 채고 어떻게든 말려보라고. 전 어렴풋이 그걸 느끼기만 했지, 뭐 어떻게 해볼 생각은 꿈에도 못했어요. 잘은 몰라도, 은주를 완전히 말리려면 정말 제 배 속에 밀어 넣는 것 외에는 방법이 없단 것 정돈 알 것 같았거든요.

은주는 끝까지 고집불통이었어요. 다정하게 말을 꺼냈던 아빠는 화가 머리끝까지 오를 수밖에 없었죠. 자세한 얘기는 하지 않을게요. 은주를 향해 어떤 독설을 퍼부었는지는 생생하게 기억나지만 차마 제가 입에 다시 담을 수는 없어요. 우리 가족의 이미지를 지키고 싶거든요. 이제 와서 뭘 지키냐고 비웃으시겠지만 그래도 제겐 소중한 사람이에요.

은주는 내내 입을 다물고 있다가 뭔가 말을 하려고 했어요. 그

때였죠, 애 아빠의 손이 은주의 얼굴로 향한 건. 평소처럼 우리 딸 참 예쁘다의 손길이 아니라 그야말로 매였어요. 순식간에 은주 입술이 터지고 피가 뚝뚝 떨어졌죠. 저도 놀랐어요. 은주 아빠한테 그런 면이 있을 줄은 전혀 상상도 못했거든요. 은주 아빠가 제게 펜을 주더니 말했어요.

"문과에, 장래 희망은 아무거나 써."

저는 하라는 대로 했어요. 그게 은주를 더 이상하게 만드는 일이었을지라도, 그 상황에서 제가 할 수 있는 방법은 그게 다였어요. 은주 눈엔 이미 초점이 없었지요.

그때부터였어요. 은주가 지금처럼 된 건.

3

두 번째 편지가 나가고 은주 아빠에 대한 비난이 많더군요. 속상할 뿐입니다. 누구나 자식 키우다보면 그런 날이 오잖아요. 아빠라고 해서 때리고 싶었겠어요? 그런 심한 말들을 마구 쏟아내고 싶었겠어요? 어쨌든,

세상의 모든 김은주와 김은주를 사랑하는 세상의 모든 분들께.

고등학교 2학년이 된 은주는 제가 써준 대로 문과로 진학했어요. 이과 선생님들이 은주를 탐내고 있었다는 소문을 듣고 전 조금 기뻤죠. 어쨌든 잘난 건 좋은 거니까요. 은주는 착한 아이였어

요. 아니, 이건 은주의 범죄를 전부 덮으려는 말은 아녜요. 착한 사람도 죄는 저지르는 거잖아요. 은주는 어릴 때부터 참 착했어요. 선생님 말도 참 잘 듣고, 엄마 말도 참 잘 듣고. 그러니까 그렇게 선생님이 시킨 대로 하루 종일 스케치북에 그림을 그렸던 걸 테고, 제가 시킨 대로 문과에 진학했던 거겠죠.

은주가 학교를 빠지기 시작한 건 그해 5월부터였어요. 어느 날 갑자기 담임선생님한테 연락이 왔었죠. 2교시 때부터 은주가 보이질 않는다고. 워낙 착하고 잘났던 애라 아무도 이상한 생각은 하지 않았어요. 어디 아픈데 말도 못하고 수업에 못 들어오고 있는 거 아니냐는 식으로만 생각했죠. 물론 은주가 이상하단 걸 알고 있던 저는 그렇겐 생각 안 했어요. 그래도 그런 곳에 가 있을 줄은 몰랐죠. 결혼식장에 말이에요.

그래요, 은주의 범죄가 시작된 건 이때부터였어요. 지금 수준에서 보면 정말 아무것도 아닌 거지만요. 은주는 한 예식장에 있었대요. 교복 대신에 하얀 원피스를 입고요. 그리고 아무렇지 않게 예식장을 활보하고 다니면서 어떤 여자의 삶을 자기의 것처럼 흡수하기 시작했대요. 삶을 흡수한다, 이 말은 저번에 신문에 실렸던 말인데 꽤 멋있지 않아요? 설마 이 말도 은주가 한 건 아니겠죠? 그렇다면 그 신문 스크랩해둔 것도 버려야겠어요.

아무튼, 은주는 하객들 사이를 비집고 다니면서 신부에 대한 정보를 많이도 캐냈어요. 신부가 신랑한테 너무 집착하고 있다는 것도, 신랑 친척들이 그래서 신부를 무시한다는 것도, 그날 신랑이

식장에 안 나타날까 봐 미용실에서부터 불안해하고 있었던 것까지도. 은주는 그 모든 것을 알아낸 후에 신부 대기실로 들어갔대요. 그리고 그때부터였죠. 그 범죄요.

　은주는 신랑이 사라질까 봐 불안해하고 있던 신부의 어깨를 다독이며 말했대요. 그래봐야 결혼해서 5년 안에 남자는 달아날 거라고. 신부는 은주를 밀치며 악을 썼다죠? 그럴 리가 없다고. 어디서 이런 재수 없는 애가 나와서 재수 없는 말만 하냐고. 뭐 틀린 말은 아니네요. 재수 없는 소리를 한 건 사실이니까. 은주는 그 말을 듣고도 다른 하객들처럼 들어가선 그 결혼식을 끝까지 봤다나 봐요. 근데 그때 은주는 울고 있었대요. 남자가 달아날까 봐 무서워하던 신부랑 똑같은 표정으로. 펑펑 울면서 남자를 노려보고 있었대요.

　그래요, 그게 은주의 첫 범죄였어요. 진짜 그 남자는, 5년이 뭐예요? 5주도 안 되서 여자를 떠났어요. 그 여자가 바로 요새 뉴스에서 떠들어대는 1번 김은주예요. 우리 은주의 첫 희생자죠. 그 여자는 남자가 떠나자마자 예식장에서 봤던 우리 은주를 떠올렸대요. 그때 순간적으로 어디론가 달려가야 할 것만 같은 기분이 들어서 그대로 가봤더니 거기서, 그 한강 다리 위에서 우리 은주가 자기를 기다리고 있었다지 뭐예요. 이런 거 보면 우리 은주만 이상한 것 같지도 않네요. 뭐 그렇다고 다른 은주들이 이상하단 소린 아니니까 또 비난하진 마세요. 비난은 은주 그 계집애 혼자 받는 걸로 족하니까요.

은주는, 울며 달려온 1번 김은주에게 말했대요. 자긴 이미 알고 있었다고. 자기 자신의 일이기 때문에, 이미 모든 결과를 다 알고 있었다고요. 정말 소름 끼치지 않으세요? 고등학교 2학년짜리가 아무렇지 않은 얼굴로 그런 말을 했다잖아요. 1번 김은주는 우리 은주에게 물었대요. 남자에게 복수할 방법을요. 은주는 그런 건 존재하지 않는다며 그 자리에서 떠나려고 했대요. 근데 그때 그 1번 김은주가 한강으로 뛰어든 거예요. 익사했죠.

은주도 시인했다죠? 1번 김은주를 살해한 혐의. 제가 듣고 아는 얘기론 은주는 그 여자에게 아무 짓도 하지 않았어요. 그래도 그 착한 것이 죄책감에 자기 때문에 죽은 사람들 한을 다 지가 짊어지려 그런 거겠죠. 우리 은주가 그런 애라니까요. 끔찍한 면만 빼면 괜찮은 애예요, 비난만 하진 마세요.

4

은주의 죄목이 국수 면발 불 듯 불어나고 있단 소린 들었어요. 그래요, 제가 아는 것만 해도 서른 명이 넘어요. 죽은 사람이고 돈 뺏긴 사람이고, 아무튼 다 합해서요. 어쨌든,

세상의 모든 김은주와 김은주를 사랑하는 세상의 모든 분들께.

고등학교 3학년이 된 은주는 결혼식장에 가지 않았어요. 대신 장례식장에 갔죠. 물론 죽은 사람의 이름은 전부 김은주였어요.

어떻게 그런 걸 다 알고 찾아가냐고요? 뉴스에 나왔잖아요. 요샌 인터넷으로 보면 예식장이고 장례식장이고 다 이름 나온다고요. 그리고 말씀 드렸잖아요. 은주에겐 섬뜩한 면이 있었다고. 알게 뭐예요, 자기가 알아서 잘 찾아다녔겠죠.

다들 은주의 범죄 형태는 잘 파악하고 계시죠? 그렇게 뉴스에서 때려대는데 못 외우는 것도 이상할 거예요.

첫 번째 범죄 형태는 1번 김은주 사건처럼 결혼식장에서 시작되죠. 자기랑 같은 이름을 가진 신부의 신상을 철저하게 조사해서 그걸로 신부 대기실에 들어가 신부를 상처 입혀요. 1번 김은주의 경우처럼 미래를 암시하는 말을 한다든지, 결혼식 준비 과정에 있던 갈등을 전부 나열한다든지, 등등의 방법으로. 신부들은 한참 예민해 있을 때라, 뭐 드레스 사이즈나 화장이 떴는지 안 떴는지 신경 쓸 일이 워낙 많잖아요? 그러니 은주의 그런 말에 다 넘어가는 거겠죠. 게다가 은주가 자기 삶을 하나부터 열까지 전부 다 알고 있는 것처럼 말하니까요. 그리고 신부들은 그 후로 얼마 지나지 않아 자살을 하거나, 은주에게 돈을 보내게 되었죠. 자살을 하는 이유는 1번 김은주의 경우랑 크게 다르지 않아요. 그러고 보면 사랑 없는 결혼이 참 많은가 봐요? 은주에게 돈을 주는 신부들은, 우리 은주가 무당이라도 된 줄 아나 봐요. 자기 삶을 하도 잘 알고 있으니 용하다고 도와달라고 돈을 그리 갖다 바치는 거겠죠. 그래 봐야 그 돈은 전부 우리 은주의 범죄 자금으로 쓰일 뿐이었는데 말이에요. 네, 바로 축의금 같은 걸로요.

두 번째 범죄 형태는 결혼식장이 아니라 장례식장에서 시작되었습니다. 수법은 조금 비슷하죠. 자기랑 같은 이름의 여자가 죽은 곳에 가서, 그 죽은 여자가 못다 한 말들을 대신 해주는 거예요. 두 번째 범죄 형태의 첫 희생자는 12번 김은주였는데, 이제 막 갓 입사해서 첫 월급날만 기다리고 있다가 교통사고로 죽은 여자였죠. 그때 우리 은주는 부모한테 말했어요.

"엄마, 아빠. 빨간 내복 미리 사둘 걸 그랬지."

그 말을 듣고 엄마가 거의 기절을 했대요. 나라도 그러지. 내 자식은 죽었는데 누가 와서 죽은 자식이 할 것 같은 말을 했어 봐요, 어느 엄마가 가만히 견뎌요. 그걸. 근데 은주는 거기서 한술 더 떠서는,

"그때 내가 전화했을 때, 아빠가 아무 말 없이 와주기만 했어도 난 죽지 않았을 텐데. 그치, 아빠?"

지하철 역 앞이었어요. 늦은 시간이었죠. 늘 그랬듯, 12번 김은주는 아빠에게 전화를 걸었고 데리러 와달라고 했었대요. 그런데 아빠가 그랬죠. 너무 피곤하다고, 역에서 집까지 먼 거리도 아니고 이젠 다 컸으니까 오늘 하루 정도는 혼자 올 수 있지 않냐고요. 세상 모든 일은 꼭 그럴 때 어긋나죠. 그날, 12번 김은주는 뺑소니 차에 치여 죽었어요. 그 집 부모가 은주 말에 미칠 만도 했죠.

"그래도, 엄마. 난 행복했어요. 입사 면접 볼 때 엄마가 타준 미숫가루, 정말 맛있었거든요."

솔직히 전 은주의 능력이 뭔지 모르겠어요. 장례식장에 와서 떠

드는 친척들 얘기를 듣고 그런 얘기들을 짜 맞춰서 말했던 건지, 아님 진짜 혼의 한을 읽는 능력이라도 갖고 있던 건지. 어느 쪽이든 소름 끼치긴 마찬가지네요.

그때부터 우리 은주는 유명해지기 시작했습니다. 죽은 자의 마지막 얘기를 전해주는 그런 걸로요. 은주 손엔 돈이 마를 날이 없었어요. 딸을, 부인을 보낸 자들이 은주에게 돈을 쥐어주고 더 많은 얘기를 캐내려고 애썼죠. 하지만 은주는 맺고 끊는 게 분명한 아이였어요. 전달할 얘기가 다 끝나면 입을 닫았죠. 이런 거 보면 뭐 능력이 있던 것 같진 않고, 역시 장례식장에서 얘기를 주워듣고 그런 거 같지 않아요? 근데 사람들 눈엔 그렇지 않았는지, 할 말만 하고 입을 꾹 다무는 우리 은주가 용한 무당처럼만 보였던 모양이에요. 그러니 그렇게 복채라며 돈을 덥석덥석 줬겠지요. 솔직히 우리 은주가 잘못하기만 한 건 아니에요.

그렇지 않나요?

5

아니, 그러니까 제 편지들은 은주의 죄를 덮어보려는 수작이 아니라니까요. 저도 제 자식이 끔찍한 건 잘 알아요. 아니까 이런 얘길 하고 앉았죠. 어쨌든,

세상의 모든 김은주와 김은주를 사랑하는 세상의 모든 분들께.

우리 은주가 저지르고 다닌 짓 때문에 한때 신문에 '한국의 김은주들이 삭제되고 있다'라는 어마어마한 제목의 기사도 있었던 거 같아요. 어쩜 그렇게 김은주들만 잘 찾아다녔는지 신기하기도 해요. 그만큼 흔한 이름이란 걸 수도 있고, 그만큼 김은주들이 참 살기 힘들었던 걸 수도 있는데. 우리 은주가 사기 치고 그런 것만 기억하진 마세요.

은주가 대학생이 되어서부터, 그 범죄는 가속도가 붙기 시작했어요. 은주가 무슨 과를 갔더라. 그건 기억이 안 나요. 근데 아마도 제가 아무렇게나 썼던 생활기록부의 장래 희망대로 했을 거예요. 은주는 그런 애니까요. 그때 저랑 애 아빠는 은주와의 대화를 끊고 있었어요. 서로 대화가 통하지 않는다는 건 이미 고등학교 1학년 때, 그 회색 종이 때부터 알아챘을 테니까요.

은주는 많은 사람들을 죽음으로, 가난으로 몰아넣었어요. 그런데요, 이런 말, 해도 되는지 모르겠는데……, 은주는 그때가 가장 행복해보였어요. 가장 많은 범죄를 저지르고 다녔던 그때요. 우리랑 애긴 안 했지만 정말 참 예뻤죠. 은주가 딸이라는 게 그렇게 자랑스러웠던 적도 없었을 거예요. 어딜 가든 은주가 예쁘단 소리만 들렸어요. 이상한 애라고 생각하고 섬뜩하게 여겨온 제 자신이 이상하게 느껴질 정도로 은주는 참 빛났어요.

빛이 너무 밝으면 그림자도 더 짙어진댔나요? 은주가 그렇게 빛나던 때였겠죠, 경찰의 수사가 시작된 건. 그래요, 그때 저랑 애 아빠도 뉴스에서 봤어요. 사람의 미래와 과거, 한을 읽는 척하면서 금품을 갈취하는 사이비 종교 교주가 있다는 거요. 근데 그게 은주일 줄은 꿈에도 몰랐죠. 아니 세상 어느 부모가 뉴스에 나오는 사건 사고를 보고 자기 자식 짓이라고 생각을 하겠어요? 물론 은주가 이상한 구석은 많았지만, 아무리 그래도 전 은주를 믿었죠. 저렇게 예쁜 아이가 뭘 어쩌겠냐면서요.

그 당시의 은주는 솔직히 좀 무섭긴 했어요. 우리가 알던 은주는 아니었죠. 매일매일 은주는 변했어요. 23번 김은주였다가 21번 김은주였다가 3번 김은주였다가 9번 김은주였다가 14번 김은주였다가……. 나중엔 하루에도 몇 번씩 그런 변화가 보이더군요. 결혼을 했다가 죽었다가, 회사를 들어갔다가 해외를 나갔다가, 애를 낳았다가 애를 죽였다가, 강간을 당했다가 강간을 도왔다가, 돈을 빼돌렸다가 돈을 도둑맞았다가……. 활짝 웃었다가 엉엉 울었다가, 잔뜩 화를 냈다가 겁에 질려 벌벌 떨었다가, 소리를 한껏 질렀다가 피를 토했다가, 손을 못 썼다가 발을 못 썼다가……. 우리가 알던 은주가 누구였는지, 은주 안엔 은주가 너무 많았어요.

아, 어제 보니까 29번 김은주 부모님이 인터뷰를 하셨던데, 그렇게 말씀하시면 안 되는 거 아녜요? 제가 누누이 말씀드렸잖아요. 우리 은주가 착하긴 착했다고. 특정 김은주한테만 가혹했다느니 그런 건 말도 안 돼요. 물론 29번 김은주 사연이 좀 딱하긴 했죠. 결혼할 때 만난 은주가 자기 장례식에까지 나타날 줄은 몰랐겠죠. 그러니 제가 말했잖아요, 세상의 김은주들의 삶이 참 그렇다고요.

처음 만났을 때는 4번 김은주였던 29번 김은주는, 신혼여행을 다녀온 후에 남편한테 살해당했어요. 살해된 이유는 아무도 몰랐죠. 아니, 처음엔 다들 자살이라고 믿었으니까요. 남편이 꾸민 짓이었죠. 은주는 참을 수 없었을 거예요. 결혼할 때부터 그렇게 안 된다고, 죽을 거라고 말해줬는데도 기어이 결혼을 하더니 결국 죽어버렸으니까요. 게다가 자살이라니요? 은주 자신이 모르는 김은주들의 자살은 있을 수 없었어요. 그러니 은주가 장례식장에 갈 수밖에 없었죠.

은주는 29번 김은주의 남편을 보자마자 환하게 웃으며 부케를 내밀었죠.

"고마워, 결혼식장에서 찌르진 않아서. 이 부케, 자기 어머님이 골라주신 거라서 못 찌른 거지? 여기에 피 묻을까 봐. 그럼 어머님한테 혼날까 봐. 그치?"

남편은 얼굴이 하얗게 질렸었죠. 29번 김은주의 시어머니도, 아니 그 자리에 있던 사람들 모두 다요.

"다, 당신, 무슨 소리 하는 거야!"

"덕분에 결혼은 하고 죽었네. 있잖아, 난 당신이 날 죽일 거라는 거, 이미 알고 있었어."

"경찰 불러요! 난 이 여자 누군지도 모른단 말입니다."

"왜 몰라? 저기 누워서 당신을 보고 있는 나를 왜 몰라?"

"경찰! 빨리 신고해. 뭣들 하는 거야?"

"당신이 찌른 나를 왜 몰라? 죽어가던 내 앞에서 지문을 지우던 당신이 왜 그런 걸 몰라? 이 칼로 날 죽인 당신이 왜 몰라?"

은주는 그날 체포되었습니다. 살인 혐의로 말이에요. 부케 안에 칼이 숨겨져 있었다든지, 흥분한 상태에서 휘두른 칼에 29번 김은주의 남편이 갈기갈기 찢겼다든지, 그런 건 뉴스로 다 봤어요.

그때 뉴스에선 이런 말도 했었죠. 은주의 자아가 분열되어 있다고. 맞는 말이에요. 은주는 너무 많이 나눠져 있었어요. 아니 너무 많이 흡수했던 건가? 아무튼 은주는 참 많은 은주로 살고 있었죠.

그때 전 알았어요. 아무것도 되기 싫다던 은주를, 스케치북 가득 있던 노란 사람들을. 그건 전부 김은주들이었던 거예요. 심리분석학자는 말했죠. 이런 끔찍한 사기극을 기획하는 데 자아 분열이 엄청난 원인으로 작용했을 거라고. 그러면서 노란 스케치북을 카메라로 들이대며 말했죠. 어린 시절부터 이미 징조가 보이고 있었다고.

그래요, 보이고 있었어요.

그래도 전 어쩔 수 없었어요.

6

은주가 총 23명의 생명을 앗아가고, 80여 명으로부터 금품을 받고 있던 사실이 드러났네요. 그래도 은주가 실제로 직접 죽인 건 후기의 몇 명뿐이에요. 어쨌든,

세상의 모든 김은주와 김은주를 사랑하는 세상의 모든 분들께.

어제 은주를 만나고 왔어요. 우린 이미 대화를 하지 않는 사이 였으니까, 저도 은주도 아무 말 안 했죠. 은주가 이 편지 방송을 보고는 있으려나? 보고 있다면 더더욱 할 말이 없겠죠. 엄마가 이렇게 대대적으로 나와서 딸 욕을 하고 있으니까요. 어찌 됐든 전 은주를 용서할 수 없어요. 이상한 딸 같은 거 용서하고 싶지 않아요.

오늘은 무슨 얘기를 해드릴까요. 아, 은주가 고등학교 땐가 중학교 땐가 썼던 일기를 읽어드릴게요. 이것도 범죄 심리 연구하는 데에 많은 도움이 되실 거예요.

제목, 투명 엘리베이터. 나는 엘리베이터에 갇힌 사람이다. 그것도 투명 엘리베이터에. 모든 사람이 나를 보고 있는데, 나도 모든 사람을 볼 수 있는데, 나는 나를 볼 수가 없다. 위도 아래도 옆도 모두 사람들이다. 나를 보고 있다. 내가 거기 있다. 나는 거기에 있다. 나는 갇힌 것일까, 아님 밖에 있는 것일까.

아니, 얘가 도대체 무슨 소리를 쓴 건지……. 죄송해요, 괜히 혼란만 드린 건가요? 근데 이게 제가 읽은 은주 일기 중에 가장 이상스러운 일기였어요. 가장 범죄자 같은 일기였죠. 엘리베이터가 아래까지 투명해서 어쩌자는 건지 모르겠지만, 은주는 참 별 희한한 걸 다 생각해내죠?

어제는 경찰에, 은주가 실제로 죽인 사람들 명단을 확인해주고 왔어요. 어떻게 다 아느냐고요? 엄마가 자식 하는 일을 어떻게 모르나요? 죄를 저질렀으니 마땅히 벌을 받아야죠. 그런 게 제 역할인 거예요. 은주가 실제로 죽인 사람들은 결혼식 유형 희생자도 장례식 유형 희생자도 아니었어요. 4번 김은주의 남편과, 그런 류의 남자들 몇몇과 그리고 제 남편이었죠. 그래요, 은주는 죽은 김은주들의 복수를 해주고 싶었던 것 같아요. 착한 애였으니까요.

그런데 제 남편은 왜 죽였냐고요? 아버지인데도? 아네요, 은주 아빠는 살아 있어요. 은주를 때렸던 그 은주 아빠도, 귀찮다고 은주를 데리러 가지 않았던 그 은주 아빠도 여전히 잘 살아 있답니다. 은주가 죽인 건 은주 아빠가 아닌 제 남편이에요.

무슨 소리냐고요? 아직도 모르시나요?

7

많은 궁금증을 가지고 질문을 해주신 여러분들, 아마도 이게 마지막 편지가 될 듯 합니다. 어쨌든,

세상의 모든 김은주와 김은주를 사랑하는 세상의 모든 분들께.

제 딸 김은주는 자기랑 똑같은 이름을 가진 사람들을 중심으로 많은 죄를 저질렀어요. 사람을 죽음으로 몰아넣고, 가난하게 만들고, 죽이기까지 했죠. 그러니 저는 은주를 용서할 수 없어요. 제가 은주를 용서하면 똑같은 일은 또 반복될 거예요. 애초부터 다 제 불찰이었으니까요.

은주는 제가 시키는 대로 잘 하던 아이예요. 그래서 문과를 갔

고 기억은 안 나지만 대학도 그리로 갔죠. 은주는 김은주들의 삶을 흡수했어요. 그러면서 많은 곳에서 동시에 살았었죠. 은주 안에는 은주들이 너무 많았지만, 동시에 은주들 안에는 우리 은주가 어디든 다 들어 있었어요. 제게도요.

  은주가 죽인 건 제 남편이지만 그게 은주의 아빠라고 단정 지을 수는 없어요. 왜냐하면 수많은 김은주들의 결혼식장과 장례식장에 있던 아빠들이 다 은주의 아빠니까요. 은주의 아빠는 수백 번도 죽고 살고 울고 웃고 그래요. 은주가 그랬듯이요.

  은주는 죄를 많이 저질렀어요. 은주는 말하겠죠. 무언가 되어야 한다는, 스케치북 속 노란 사람들이 얼마나 압박이었는지 아느냐고. 아무것도 되고 싶지 않아 차라리 아무거나 되려 했다고. 아무리 그래도 저한테까지 들어온 건 심했어요. 은주에게 어떤 능력이 있는진 모르겠지만, 전 결혼식장에서도 장례식장에서도 은주를 보지 못했는데 말이죠. 도대체 은주는 얼마나 끔찍스러운 애인 거죠? 저는 도대체 몇 번째 은주였던 거죠?

  누구 아는 사람 있어요?

얼룩 사이다, 사이다 얼룩

얼룩이 눈에 들어왔다. 그런 것을 본 건 오늘이 처음이었다. 특별히 눈여겨 찾아본 것은 아니었다. 그저 변기에 앉아 앞을 보다 발견했을 뿐. 15년 가까이 이 집에 살면서 한 번도 본 적이 없는데. 원래 저런 게 있었나 싶을 정도로 생소한 얼룩이었다.
 얼룩은 문고리보다는 한참 아래, 그러니까 바닥에서 한 뼘 정도 올라온 곳에 있었다. 허리를 숙이고 얼굴을 가까이 대보았다.
 너무 급히 몸을 굽힌 탓에 허벅지가 순간적으로 당겨왔다. 그런 자세를 취하고도 몸이 남아돌 만큼 좁은 화장실은 아까부터 샴푸 냄새로 가득했다. 범인은 보나마나 엄마였다. 대체 한 번 머리를 감을 때마다 샴푸를 몇 번이나 눌러 쓰는 건지. 나름 큰일을 본 답시고 힘을 주고 있는 중에도 샴푸 냄새가 그보다 먼저 코에 닿는 걸 보니 어지간히도 많이 짜서 쓰는 모양이었다. 고개를 숙이다 마침 바닥에 흘린 샴푸가 보여서 발로 비벼버렸다.

아버지와 함께 살게 된 지도 두 달이 다 되어가고 있었다. 그리고 그 두 달 동안 엄마는 샴푸를 네 통이나 썼다. 전에는 물이 아깝다며 잘 씻지도 않더니, 요새는 틈만 나면 샤워를 해대는 통에 화장실 바닥은 늘 젖어 있었다.

가까이에서 본 얼룩은 꼭 사람의 옆얼굴을 그려놓은 것 같은 모양이었다. 뭐가 묻은 건가. 살짝 만져 보았지만 그냥 나무에 새겨진 무늬인 듯했다. 그때 문밖에서 인기척이 느껴졌다. 가볍게 문을 두드리는 소리와 함께 이어진 기연이의 목소리.

"오빠. 살아 있지? 변기에 빠져 죽은 건 아니라고 해줄래, 제발."

"응. 살아 있다."

그렇게 오래 있었나. 짧게 대꾸하고 휴지를 손에 둘둘 말았다. 계속 밤을 새며 제대로 챙겨 먹지를 못한 탓인지, 어젯밤부터 들이부은 요구르트가 민망할 정도로 변기는 텅 비어 있었다. 힘을 준 시간만 아까울 판이었다. 이럴 시간에 조금이라도 과제를 했어야 했는데. 무언가 허망한 기분에 바로 물을 내릴 수가 없었다.

똑똑똑, 똑똑똑똑. 기연이가 또 문을 두드렸다. 약속이 생겼다더니 씻으려고 그러는 것 같았다. 얼른 물을 내리고 일어섰다. 아무 성과도 없는 휴지가 동그라미를 그리며 변기 속으로 빨려 들어갔다.

문을 열자마자 기연이와 눈이 마주쳤다. 뭐라도 한 마디 보태려 했는데. 기연이는 정말 바쁜 건지 나를 그대로 지나쳐 화장실로 들어가 버렸다. 살짝 스친 어깨가 꽤 얼얼했다. 곧바로 문 너머에서 샤워기를 트는 소리가 이어졌다. 방에 들어갈까 하다가 기연이가 나오면 방에서 준비할 게 뻔하니까. 그냥 노트북만 들고 거실로 나와 버렸다.

내가 놀지 못하는 날이라 더 그렇게 느껴지는 건지. 창밖으로 보이는 하늘은 요새 본 것 중에 가장 맑고 깨끗했다. 베란다 창문으로는 동네 꼬맹이들이 꽥꽥거리며 뛰어다니는 소리가 들려왔다. 저 멀리 보이는 큰길은 차로 꽉 막힌 채 움직일 줄을 몰랐다.

엄마랑 아버지도 저런 속에 있으려나. 멍하니 바깥만 쳐다보다 고개를 흔들고 일어섰다. 이러다 또 시간을 버리지 싶었다. 노트북이 켜지기를 기다리며 커피를 타왔다. 다음 주에 낼 리포트만 다섯 개였다. 그다음에는 실기 과제가 두 개, 그리고 기말고사. 정말 이러고 있을 때가 아니었다.

자리에 앉아 컵을 들자마자 화장실에서 요란한 소리가 났다. 아무래도 기연이가 샤워기 걸이를 또 떨어뜨린 것 같았다. 수도꼭지고 수건걸이고, 어딘가에 붙어 있는 거라면 한 번씩은 떨어질 정도로 낡은 집이니까. 별로 놀라지는 않았다.

처음 이 집에 이사 왔을 때에는 모든 게 다 새것 같고 좋게만 느껴졌다. 물론 실제로도 새 아파트였다. 기연이가 입학하던 해에 온 거니까, 내가 초등학교 2학년일 때였을 것이다. 그때는 아버지도 고모도 할머니도 할아버지도 다 같이 살았다. 일곱 명이서 방 두 개를 나눠 썼다. 그때는 지금 우리가 쓰는 방에서 엄마, 아버지, 나 그리고 기연이 넷이서 함께 잤다. 좁은 방에서 정말 잘도 살았다.

그래도 집은 언제나 크게만 보였다. 꽤 북적북적하고 시끄러웠을 텐데. 그때는 어째서인지 집이 항상 넓고 텅 빈 것처럼 보였던 것 같다. 오히려 셋, 아니 넷밖에 남지 않은 지금은 숨이 탁탁 막힐 정도로 좁은 느낌인데.

워드 문서를 열자마자 수많은 글자가 화면을 가득 채웠다. 며칠째 끙끙대며 완성도 못한 리포트였다. 잠시 스크롤을 내려 보는 것만으로 오타가 계속 눈에 들어왔다. 게다가 문장도 이상하고. 아무리 읽어도 무슨 정신으로 쓴 건지 전혀 이해할 수가 없었다. 눈에 보이는 대로 한두 문장을 고쳐보려다 그냥 포기하고 다 지워 버렸다. 이렇게까지 질질 끌 만한 과제가 아닌데. 눈 아래가 찌릿찌릿 아파왔다. 따로 거울을 보지 않아도 다크서클이 턱까지 내려와 있다는 것쯤은 알 수 있었다. 제대로 자본 게 언제인지 기억도 나지 않았다. 주중에 가장 길게 자본 게 아마도 세 시간이었을 것이다. 이번 주 일정을 돌이켜보면 지금 고개를 들고 앉아 있는 게 용할 정도였다.

지난밤에도 일찍 자겠다 다짐해놓고 또 과제 준비 때문에 해가 뜨는 걸 보고 누워버렸다. 그래도 오늘은 주말이고 수업은 없으니까. 적어도 점심때까지는 쭉 잘 계획이었다. 기연이가 배고프다고 깨우지만 않았더라도 아마 그랬을 것이다.

엄마랑 아버지는 대체 몇 시부터 나간 건지 아침부터 집에 없었다고 했다. 나는 집에 거의 붙어 있지 않아서 잘은 몰랐지만, 기연이 말에 따르면 요새 내내 둘이서 데이트랍시고 등산을 다니는 듯

했다.

현관의 코르크 메모판은 오늘도 텅 비어 있었다. 아버지가 돌아오기 전에는 나와 기연이가 확인을 하든 말든 상관 않고 늘 어디에 간다, 언제쯤 집에 올 거다 메모를 쓰고 다녔는데. 엄마는 요 두 달 동안 단 한 번도 메모를 남기지 않았다.

기연이가 샤워를 마치고 나왔다. 아무것도 걸치지 않은 하얀 몸이 눈앞을 왔다 갔다 했다. 활짝 열린 방문 너머에서 옷을 고르는 모습이 그대로 생중계되었다. 멍하니 구경하다가 고개를 돌렸다. 서문이라도 완성을 해야 할 것 같았다. 그리고 시선을 노트북에 고정시키자 얼룩이 나타났다.

얼룩은 노트북 화면 위에 떠 있었다. 분명 화장실 문에서 본 그 얼룩이었다. 아무리 봐도 사람의 옆모습이었다. 손을 뻗어 노트북 화면을 쿡 찔러보았다. 무언가 물컹한 느낌이 들었다. 평소에 모니터를 만질 때와는 다른 감촉이었다. 과제할 때 말고는 잘 켜지도 않는데. 노트북을 고장 낸 건가. 순간 식은땀이 났다. 액정만도 갈 수 있나, 어쨌든 비싸겠지. 별의별 생각들이 빠르게 머리를 스쳐 지나갔다. 그때 기연이가 방 밖으로 나왔다. 이번에는 옷을 다 입은 모습이었다. 눈이 마주치자 기연이가 입을 열었다.

"나 나간다."

"언제 오는데."

"몰라. 저녁은 알아서 먹고 있어."

"많이 늦냐?"

"아닐걸? 엄마 아빠보단 빨리 올 거야."

엄마랑 아버지가 언제 들어올지 알고. 그냥 대답할 말이 떠오르지 않아 고개를 끄덕이고 말았다. 지금 나한테 중요한 거는 과제니까. 노트북으로 눈을 돌리는데 기연이가 도도도 달려와 내 얼굴을 잡았다. 그리고 가볍게 다가온 입술. 얼굴을 때리듯 스친 머리카락에서 물기와 함께 샴푸 냄새가 떨어졌다.

날은 덥지만 바람은 센 것 같았다. 기연이가 그렇게 힘을 준 것 같지도 않은데 대문은 활짝 열려 버렸다. 베란다와 대문 사이로 순간적으로 공기가 빠르게 오갔다. 쾅 하고 문이 닫히는 소리가 날 때까지 바람은 계속되었다.

얼룩은 여전히 그 자리에 있었다. 그리고 착시일지는 몰라도 아까 봤을 때보다는 조금 커 보였다. 정말로 커진 건가. 다시 한 번 손으로 꾸욱 눌러 보았다. 그러자 놀랍게도 얼룩은 스멀스멀 자리를 넓히기 시작했다. 색깔도 조금 변한 듯했다. 아까 화장실에서 보았을 때는 갈색 같았는데, 이제 보니 짙은 남색처럼 보였다. 손을 뗄까 말까 고민하고 있는 사이, 갑자기 전기 같은 게 흘렀다.

"아, 뭐야."

무의식중에 입 밖으로 소리를 내고 말았다. 손끝이 저릿저릿했다. 정말로 전기 같은 거였다. 너무 순식간에 지나간 일이라 정확히 뭔지는 알 수 없었지만 손이 따끔거리며 아프다는 것 하나는 분명했다. 대체 어디가 어떻게 고장 난 거지. 노트북을 두 손으로 들고 이리저리 돌려보았다. 아무리 봐도 보통 때랑 다를 게 없었다.

그리고 노트북을 다시 상 위에 내려놓았을 때에는 얼룩은 온데 간데없이 사라지고 없었다. 화면 위에는 여전히 아무것도 적지 못한 텅 빈 문서만이 비춰지고 있었다.

그래도 오늘은 그나마 집중이 잘 되는 날이었다. 아직 아홉 시도 안 되었는데 벌써 리포트를 두 개나 끝냈다. 그래 봐야 아직 갈 길은 멀고 할 일은 태산이었지만 지금은 기분상 자축의 의미로 사이다라도 한 잔 마시고 싶었다.

몇 시간 만에 몸을 일으켰다. 무릎이 삐걱거리는 소리를 냈다. 발가락도 저려왔다. 일단은 사이다고 뭐고 화장실이 먼저였다. 그러고 보니 자리에 앉은 후로 화장실도 한 번 가지 않았다는 게 기억났다. 어기적거리는 걸음을 끌고 화장실로 달려가 변기 커버를 올렸다.

그 긴 시간을 참았는데도 오줌은 그리 많이 나오지는 않았다. 아마 마신 게 커피 한 잔뿐이라 그런 것 같기도 했다. 마음이 급하니 뭘 먹고 마시고 그럴 정신도 없었다. 그제야 위가 꼬르륵거리는 소리를 냈다. 사이다와 함께 빵이든 뭐든 먹어야 할 것 같았다.

바지를 올리고 부엌으로 나왔다. 생각 없이 세게 닫은 화장실 문이 뒤늦게 쾅 하며 닫혔다. 그러고 보니까 문에서 얼룩을 찾아볼 생각을 못했다. 노트북에 있던 거랑 진짜로 똑같은 건지 다시 보려 했었는데. 일단은 배가 고프니까 식빵을 꺼내 토스트기에 넣었다. 그때 갑자기 대문이 흔들리는 소리가 났다.

계속 헛걸 보더니 이제 환청까지 들리나 했는데. 뒤를 돌아보니 그런 것만은 아닌 것 같았다. 대문은 정말로 흔들리고 있었다. 쾅. 쾅. 쾅. 쾅. 누군가가 주먹으로 내려치는 것 같은 소리. 야구 배트를 들고 대문을 향해 달려갔다.

당장 문을 열고 방망이를 휘두를까도 생각했지만 상황을 알지 못하니 조금 신중해야 할 것 같았다. 일단은 현관에 발을 내리고 눈은 투시경에 가까이 대보았다. 당연히 누군가의 얼굴이 보일 거라 생각했는데, 예상 외로 유리 밖의 풍경은 까만 하늘이 다였다. 배트를 쥔 손바닥 안으로 땀이 흘러내렸다. 설마 귀신 같은 건가. 필사적으로 눈을 돌려가며 보이는 대로 주변을 살펴보려는 순간, 문이 또 세차게 흔들렸다. 쾅. 쾅. 쾅. 쾅.

아무것도 보이는 게 없으니 이제는 꼼짝없이 문을 열어보는 수밖에 없을 듯했다. 다시 배트를 강하게 쥐고 잠금장치를 풀었다. 그리고 아주 살짝, 정말 아주 살짝 문을 열어보았다. 여전히 보이는 것은 아무것도 없었다. 침이 꿀꺽 넘어갔다.

"야."

"악!"

외마디 비명이 뭔지 방금 똑똑히 배운 기분이었다. 정말 심장이 바닥으로 떨어지는 줄 알았다. 내가 지른 소리에 내가 제일 많이 놀랐다. 반사적으로 휘두른 야구 배트가 대문과 부딪치며 쩡하고 귀 아픈 소음을 냈다. 화장실에 다녀온 후라 망정이지, 아니었더라면 그대로 오줌이라도 지렸을 것이다. 기연이가 복도 바닥에 엎어져서 나를 보며 웃고 있었다. 한참 동안 숨을 가다듬다 겨우 한마디를 꺼냈다.

"야. 놀랐잖아."

"왜 문을 안 열어. 엉?"

"취했냐."

"번호를 그렇게 눌렀는데. 삼! 육! 칠! 이! 열으라고, 쫌 빨랑 열으라고."

더 뒀다가는 진짜 동네 망신 톡톡히 시킬 것 같아 그냥 얼른 데리고 들어왔다. 후, 하고 내 얼굴로 쏟아지는 숨결에서 술 냄새가 진하게 났다. 바둥바둥. 제 의지대로 가누지도 못하는 팔다리가 자꾸만 나를 때렸다.

요 위에 눕힌 후에도 기연이의 주정은 계속되었다. 그냥 자게 놔두고 나가려다가 옷이 불편해 보여 바지 지퍼만 내려주었다. 그러자 기연이가 뒹굴거리던 걸 멈추고 나를 쳐다보았다.

"오빠다."

"그래, 오빠다."

"도진이다."

"그래, 도진이다."

"내 거다."

한참 실실 웃기만 하더니. 기연이는 두 팔을 뻗어 내 어깨를 안았다. 취한 탓에 힘이 제어가 안 되나. 손힘이 장난이 아니었다. 나도 그렇게 약한 편은 아닌데, 단숨에 기연이 힘에 밀려 바닥으로 엎어지고 말았다.

"오빠, 뽀뽀."

기연이가 입술을 쭉 내밀었다. 입술보다 먼저 닿은 혀에서 소주 맛이 났다. 소주는 별로 안 좋아하는데. 기연이를 피해 입 안에서 혀를 요리조리 숨겨보았지만 어떻게 귀신같이 다 알아채는지 끝까지 따라왔다. 할 수 없이 함께 박자를 맞춰 혀를 섞었다.

어깨에 놓여져 있던 기연이의 손이 천천히 아래로 아래로 내려갔다. 순식간에 내 추리닝 바지가 벗겨졌다. 팬티 속으로까지 들어오는 손길에 잠시 정신이 들었다. 서둘러 얼굴을 떼어내고 입을 열었다.

"그만."

잠깐 키스한 것만으로 나까지 취했나. 왠지 발음이 잘 되지 않는 것 같았다. 기연이가 다 풀린 눈으로 나를 보며 물었다.

"왜 그만?"

"취했잖아."

"안 취하면 해?"

"네가 하잘 때 내가 안 한 적 있냐. 지금은 그냥 자라."

"도진이 귀여워. 도진이 내 거지. 그치."

"응. 나 네 거 맞아. 그러니까 자. 응?"

"응응응. 잘게. 도진이가 자라면 난 잘 거야."

잔다더니. 기연이의 얼굴이 내 배를 지나 밑으로 내려갔다. 입술을 크게 벌리는 게 보였다. 다 돌아왔던 정신이 또 아득해졌다.

살 끝이 기연이의 입 속에서 힘차게 일어났다. 기연이는 제대로 뜨지도 못하는 눈으로 나를 올려보며 웃고 있었다. 숨이 막혀왔다. 흥분을 해서 그런 게 아니었다. 좋아서 그런 것도 아니었다. 그대로 고개를 들고 천장을 쳐다보았다.

그리고 얼룩과 또 만났다. 얼룩은 화장실에서 봤던 것보다도, 노트북에 나타났던 것보다도 더 커진 크기로 나를 내려다보고 있었다. 오늘 세 번째로 보는 거다 보니 이제 더 이상 이상하다는 생각도 들지 않았다. 가만히 쳐다보며 가쁘게 들려오는 기연이의 숨소리를 무시하려 애썼다.

"둘 다 없어?"

멍하니 기연이와 얼룩에게 나를 맡기고 있는 사이, 익숙한 목소리가 내 귀에 들어왔다. 아버지였다. 벌떡 몸을 일으키자 기연이가 그대로 밀려나듯 떨어져 나갔다. 너무 세게 민 건지 등이 바닥에 부딪치는 소리가 쾅당 하고 크게 났다. 얼른 옷을 올리고 일어섰다. 동시에 아버지가 우리 방 앞에서 고개를 내밀었다.

"둘 다 있었네."

"네."

"뭐 했어."

"아. 기연이가 취해서 재우려고."

차라리 앉아 있을 걸 그랬나. 아버지의 두 눈은 내 얼굴에 고정되어 있는데 기분 탓에 자꾸만 시선이 아래로 내려오는 것 같았다. 최대한 자연스레 손을 내리고 바지춤을 가렸다.

"엄마는 슈퍼 들렀다가 온다는데. 뭐 먹고 싶은 거 없냐. 전화하면 되니까."

"네. 괜찮아요."

"기연이는."

"쟤 취해서 뭐 먹을 상태가 아닌데."

"그럼 제대로 좀 눕혀줘라."

고개를 끄덕하고 기연이를 향해 몸을 돌렸다. 내가 확 밀친 바람에 잔뜩 헝클어진 머리카락 사이에서 웃는 입술이 보였다. 눈이 마주치자 뭔가 말을 하려 하길래 그대로 입을 막고 이불 속으로 밀어버렸다.

밖이 많이 더운 모양이었다. 아버지는 땀이 나는지 연신 손부채질을 해대며 거실을 돌아다니고 있었다. 계속 문 앞에서 움직이는 게 신경이 쓰여 씻으라고 말을 해보았다. 그러자 이상한 대답이 돌아왔다.

"조심해라."

"네?"

"얼룩 말야."

뭐라고? 뭔가가 떵 하고 머리를 치는 기분이었다. 무슨 말이냐고 되물으려 했지만 아버지는 이미 화장실 안으로 들어간 후였다. 수도꼭지가 빠지는 소리와 함께 세찬 물소리가 밖으로 새어나왔다.

눈코 뜰 새 없이 바쁘던 1학기가 끝나고 이제 정말 여름이었다. 자기네 학교가 우리 학교보다 시험이 일주일이나 늦게 끝난다며 내내 투덜거리던 기연이도 어제 종강을 하고 푹 쉬고 있었다.

아버지는 그날 이후로 스쳐지나가는 말로도 얼룩이라는 단어를 말하지 않았다. 이제는 아버지가 나에게 얼룩이라는 말을 진짜로 하기는 했던 건지 그조차도 아리송했다. 어차피 평소에 대화 같은 거, 자주 하는 편도 아니니까. 크게 신경은 쓰이지 않았다. 이제 아버지가 집에 돌아온 지도 세 달째가 되고 있었다.

아버지가 집을 나간 건 내가 중학교에 올라가던 해의 일이었다. 그때는 이미 할머니도 할아버지도 돌아가시고 고모도 시집을 간 후라 우리 넷이서만 살고 있었다. 아버지가 나가기 전에 특별히 싸움이 있었다든지 그런 건 아니었다. 엄마는 언제나 그랬듯 우리에게 다정했고 집안 분위기는 평소와 똑같았다. 아무리 생각해 보아도 그 시절에 아버지가 가출할 거라는 징조 같은 건 그 어디에서도 찾아볼 수 없었다.

"엄마, 아빠 어디 갔어?"

아버지가 며칠이나 집을 비웠다는 걸 가장 먼저 깨달은 것은 나였다. 저녁을 다 먹고 엄마랑 기연이랑 다 같이 앉아 텔레비전을 보던 중에 생각난 것이었다. 화면 속에서는 아버지가 평소에 좋아하던 개그맨이 나오고 있었다. 내 질문에 기연이도 뒤늦게 손뼉을 쳐대며 엄마에게 물었다.

"아빠 어딨어?"

그때 우리 둘을 쳐다보던 엄마의 표정은 아직도 잊을 수가 없었다. 한 눈에 봐도 놀란 얼굴이기는 했다. 다만 그 놀란 정도가 마치 장을 보러 갔다가 무언가를 깜빡하고 못 사왔다는 걸 깨달았을 때의 표정이라 이상해 보였을 뿐. 엄마는 동그래진 눈으로 우리를 보며 말해주었다.

"아빠는 나갔지."

"나가? 어디?"

"글쎄. 모르겠는데."

그게 다였다. 꼭 내가 묻지 않았더라면 평생 잊고 지냈을 거라는 반응. 그 이후로 나는 아버지가 어디에서 무얼 하며 사는지, 엄마와는 어떻게 된 건지, 우리의 법적인 관계는 어떤 상태인 건지 하나도 듣지 못하고 지내왔다.

당연히 궁금하기는 했다. 내가 마땅히 알아야 하는 일들이라는 생각도 들었다. 그래서 기연이를 시켜 전화나 친척들의 대화를 엿듣게 하기도 했다. 하지만 들어오는 정보라고는 아버지가 집을 나갔다는 가장 기본적인 사실밖에 없었다. 2년 정도를 그렇게 지내자 기연이도 아버지에 대해서는 흥미를 잃었는지 그냥 나간 걸로 치자며 쿨하게 잊었다.

하지만 나는 한 순간도 포기할 수 없었다. 아버지가 그렇게 사라진 것도, 엄마의 반응이 이상했던 것도, 기연이가 너무나도 쉽게 포기한 것도 전부 이해되지 않았다.

그리고 그만큼이나 갑자기 집으로 돌아와 버린 아버지를 이해할 수 없었다. 정확히 10년 만에 보는 얼굴이었다. 그런데 하나도 반갑지가 않았다. 어릴 때는 아빠 아빠 하면서 잘도 따라다녀 놓고. 아버지의 얼굴을 본 순간 그런 추억 같은 건 다 잊어버렸다.

우리 앞에 다시 나타난 아버지는 뭘 하다 온 건지는 몰라도 정말로 평화로워 보였다. 마치 어디서 도라도 닦다가 온 것 같았다. 맨들맨들한 피부와 편안한 표정은 꼭 도사 같았다.

엄마와 셋이 살며 유별나게 고생을 하거나 그랬던 것은 아니었다. 엄마는 아버지가 나가기 전부터 계속 일을 했었고, 우리는 무난한 성적으로 무난한 대학에 가서 무난하게 잘 지내던 중이었다. 장학금 때문에 끙끙대기는 했지만, 어쨌든 간에. 그러니까 아버지는 필요 없었다. 특히 우리보다 더 행복해 보이는 아버지라면 더더욱. 나는 이상하게도 아버지의 얼굴만 보면 화가 났다.

오늘도 그랬다. 또 등산이라도 가려는 건지 엄마랑 팔짱을 끼고 나가는데 얼굴이 너무 좋아 보여 약이 올랐다. 지난 10년 동안 내 기분은 다 짓밟아놓고. 어쩌자는 얼굴인지 알 수가 없었다.

기연이는 많이 피곤했는지 어젯밤부터 계속 잠만 잤다. 중간에 배고프다고 깨서 우유를 마신 것 말고는 정말 쭉 자고 있는 셈이었다. 그게 열한 시쯤이었는데. 고개를 들자 시계는 오후 다섯 시를 가리키고 있었다. 이제쯤은 억지로 깨워서라도 밥을 먹여야 할 것 같았다.

의미 없이 시끄럽기만 하던 텔레비전을 꺼버리고 방으로 들어갔다. 그렇게 자고도 잠이 오는지 기연이는 마구 흔들어 깨우기 전까지 눈을 뜨지 않았다. 한참을 이름을 부르며 흔들자 퉁퉁 부은 눈이 나를 올려다보았다.

"도진이다."

"응. 나다. 안 일어나?"

"좀만 더 잘래."

"밥 먹어야지."

"도진이도 눕자."

포옥, 흘러나오는 짧은 한숨을 내뱉고 옆에 누웠다. 기연이가 다리를 들어 내 몸을 감싸 안았다. 철썩 달라붙은 피부 사이가 끈적끈적했다.

"더워."

"좋아."

"땀나."

"좋아."

내 품에 안겨서 볼을 비비적거리는 게 아직도 잠이 다 깨려면 먼 것 같았다. 조심스레 손을 올려 머리를 쓰다듬어 주었다. 동시에 자연스레 다가오는 입술. 짧은 키스가 끝나자 기연이가 꼼지락대면서 내 위로 올라왔다. 밀쳐내려 한 순간 기연이가 바지를 내렸다.

"요새 왜 이렇게 밝혀."

"도진이 내 거니까."

"알아. 원래 네 거잖아."

순식간에 옷을 다 벗어던진 기연이가 내 배 위에 올라탔다. 익숙한 무게감에 눈을 감자 기연이가 기어이 눈을 뜨게 했다. 얼굴이 후끈거리는 게 덥기는 더운 듯했다. 고개를 위로 치켜들고 천장을 바라보았다. 얼룩이 보이면 좋겠는데. 그러면 집중할 거라도 생기니까.

오랜만에 얼룩의 모양을 떠올려 보았지만 그날 이후로 본 적이 없어서 제대로 기억나지 않았다. 기연이가 몸을 움직였다. 그리고 지옥이 시작되었다.

정말 아무것도 먹지 않아도 되는 건지. 기연이는 또 잠이 들어버렸다. 같이 잘까 하다가 갑갑해서 밖으로 나와 버렸다. 저녁 시간인데, 하늘은 아직도 환했다. 여기저기 돌아다니다가 놀이터 그네에 앉아보았다.

우리는 어쩌다 이렇게 되었을까. 처음부터 아무런 죄책감 없이 시작된 관계는 이제 슬슬 버거워지고 있었다. 기연이도 나도 다른 사람과는 만나본 적도 몸을 섞어 본 적도 없었다. 고등학교 때까지는 어차피 여자 친구 사귀어봐야 피곤하니까 잘 됐다 싶은 마음도 있었다. 기연이가 나를 원할 때마다 순순히 누워주던 것도 그런 이유였다.

하지만 이제부터는? 앞으로도 계속 지금과 같을 수 있을까. 발을 굴러 보았다. 그네가 삐이이익 하는 소리를 내며 높이 떠올랐다. 입을 벌리자 뜨거운 공기가 가득 들어왔다. 꽉 막혀 있던 가슴이 더 텁텁해지는 기분이었다.

　주차장에 익숙한 차가 들어왔다. 아파트만큼이나 한참 낡은 우리 차. 엄마와 아버지가 내리는 게 보였다. 평소에는 다른 친구들하고 저녁에다 술까지 걸치고 들어오더니만. 오늘은 웬일로 일찍 들어온 모양이었다. 발을 내려 그네를 멈추고 미끄럼틀 뒤로 숨었다. 왜 숨어야 하는지, 내가 왜 도망가야 하는지도 모른 채. 그렇게 두 사람이 아파트 현관을 통과하는 것을 몰래 지켜보았다.

　제대로 씻지 못해 끈적끈적한 몸이 짜증났다. 기연이가 만진 모든 곳들이 다 그랬다. 미끄럼틀에 몸을 기대고 누워보았다. 끝이 아주 조금 붉어진 하늘이 두 눈 가득 들어왔다. 오늘은 그래도 맑은 편이라 생각했는데. 하늘에는 의외로 구름이 많았다. 그중에는 내가 그렇게나 찾던 얼룩과 같은 모양의 구름도 있었다.

　둥둥둥둥. 저 위는 바람이 저렇게 센 걸까. 구름들이 빠른 속도로 옆으로 옆으로 지나갔다. 당연히 잡을 수 없다는 걸 알면서도 괜히 얼룩 모양의 구름을 향해 손을 뻗어 보았다. 눈물이 날 것 같았다. 무의식중에 코를 훌쩍였다. 그 소리가 또 볼썽사나워 눈물이 더 났다. 그리고 손끝에 무언가가 닿았다.

　"뭐, 뭐야?"

　무언가 굉장히 뾰족한 것이 손을 스치고 지나간 느낌이었다. 압정? 가시? 바늘? 수많은 날카로운 것들이 떠올랐다. 그리고 한참 후에야 노트북 화면의 얼룩을 만졌던 때가 기억났다. 전기, 그래 전기처럼 따가운 그런 거였는데. 잠깐이기는 했지만 정말 아팠는데. 따끔한 느낌이 또다시 손에 닿았다. 뭔지는 몰라도 그때의 기억이 떠오르자 얼른 손을 내리고 싶었다. 그런데 팔이 움직이지 않았다. 마치 공기 중에서 무언가에 당겨지고 있는 것처럼. 아무리 힘을 주어도 팔은 꼼짝도 하지 않았다.

그리고 그때, 내 바로 위에 얼룩 모양 구름이 멈췄다. 처음에는 손끝만 살짝 저릿하던 것이 이제는 손목까지 내려오고 있었다. 이를 악물고 손을 내리려 애썼다. 하지만 그러면 그럴수록 손은 위로 당겨지기만 했다. 그리고 그 느낌은 이제 점점 온몸을 다 감싸고 있었다.

몸이 붕 뜨는 게 느껴지자 절로 숨이 가빠왔다. 눈을 몇 번 깜빡이는 사이, 내 몸은 벌써 공중을 향해 마구마구 올라가고 있었다. 상상도 해본 적 없을 정도의 가벼운 비행이었다. 손은 여전히 무언가에 잡힌 것처럼 앞으로 내밀어진 상태였다.

얼룩 모양 구름이 점점 가까워졌다. 아주 작게만 보였는데, 숨을 한 번 내쉴 때마다 시야에 다 담을 수 없을 만큼 커졌다. 그리고 정말 코앞까지 다 왔다고 생각하자마자 구름이 열리며 나를 빨아들였다.

온몸이 다 짓눌리는 기분이었다. 정신을 차릴 수가 없었다. 꼭 다이빙이라도 한 것 같은 압박감이 나를 여기저기서 눌러댔다. 손을 당기던 힘보다도 더 센 것 같았다. 살짝 눈을 떠보자 새까만 어둠이 나를 감싸고 있었다.

이제 좀 잠잠해진 건가 했는데. 주변의 풍경에 적응하자마자 또 다시 무언가가 내 손을 당기며 나를 불러댔다. 정확히 실체가 뭔지도 몰랐지만, 보이는 것은 하나도 없었지만 앞으로 가야 한다는 사실 하나만은 똑똑히 알 수 있었다. 손을 휘저으며 앞으로 헤엄쳐 가 보았다.

처음에는 그저 어둠일 뿐이었던 주변은 앞으로 나아가면 갈수록 푸른빛을 띄는 것 같았다. 짙은 남색, 진한 파란색, 청록색, 연한 군청색. 그리고 가장 끝에는 하얀빛이 나를 기다리고 있었다. 꼭 심해에서 수면을 향해 올라가는 느낌이었다. 혀를 내밀어보자 짠맛이 다가왔다. 정말로 바다에 들어온 것 같았다. 다른 게 있다면 짠 것 말고 따끔거리는 느낌도 난다는 것 정도였다. 탄산수 속에 던져진 것 같은 시원함. 마치 전기가 통하는 것 같던 느낌은 아무래도 이 톡톡 쏘는 느낌인 것 같았다.

이곳이 어디인지, 뭘 하는 곳인지 그리고 내가 어쩌다 여기까지 왔는지는 아무것도 몰랐다. 그냥 가야 한다는 생각이 들어 앞으로 가고 있을 뿐이었다. 거의 공백이나 마찬가지인 가장 위의 하얀 부분이 나를 불렀다. 그게 얼룩의 중심인 듯했다. 손을 더 빠르게 움직이며 발장구를 쳐보았다. 탄산수들이 내 배를 간질이듯 스쳐 지나갔다. 웃음이 나올 것 같았다.

그때였다. 앞에서 나를 부르는 것과는 또 다른 강력한 힘이 내 발목을 세게 잡아 당겼다. 앞으로 가야 하는데, 가야 할 것 같은데. 시선을 내려 발쪽을 쳐다보자 누군가의 손이 보였다. 누군가가 방해를 하고 있는 게 분명했다. 그 손은 내가 자신을 쳐다본 것을 느끼기라도 한 듯, 더 강하게 나를 당겨댔다. 이대로 질 수는 없다는 생각에 나도 손을 다시 길게 뻗고 앞으로 나갔다. 하지만 발이 잡혀 있어 아까만큼 빠르게 나아갈 수는 없었다. 그때 갑자기 내 이름이 들렸다.

"도진아."

"……응?"

"아들."

"아빠?"

10년 만에 처음으로 입 밖으로 뱉어본 단어였다. 뭔가 기분이 이상했다. 스르륵, 온몸에서 힘이 빠지고 말았다. 발이 더 강하게 당겨졌다. 마지막으로 손을 내밀어 보았지만 더 이상 얼룩의 중심으로 다가갈 수는 없었다. 연한 군청색, 청록색, 진한 파란색, 짙은 남색 그리고 까만색. 여태까지 빠져나온 어둠 속으로 다시 빨려 들어갔다. 깊이, 그리고 더 깊이. 내려가고 또 내려갔다.

하늘은 그새 어두워져 있었다. 그 바람에 얼룩 모양 구름은커녕 다른 구름들도 제대로 분간이 되지 않았다. 발을 움직여 바닥에 탁탁 부딪쳐 보았다. 정말로 땅으로 내려온 모양이었다.

간신히 정신이 드는 기분이었다. 주위를 둘러보니 아파트 현관 앞 벤치에 앉아 있는 듯했다. 바로 옆에 앉아 있던 아버지가 숨을 헐떡이며 내 이름을 다시 불렀다.

"도진아."

"네."

딱딱하게 굳은 내 목소리. 스스로 생각에도 아빠라고 불렀던 게 믿기지 않았다. 아버지는 나를 노려보고 있었다.

"언제부터냐."

"뭐가요."

"언제부터냐고. 대체 언제부터 그런 거야. 다 알고 있으니까 말해봐."

처음에는 얼룩 얘기를 하는 건가 했는데. 아버지의 표정과 뉘앙스상 기연이와의 관계를 묻고 있는 것 같았다. 역시 그날 들켰던 건가. 아니면 집에서 자고 있던 기연이를 보고 유추한 걸까. 거짓말을 해보려 이리저리 머리를 굴려보았지만 사태 파악도 되지 않는 상황에서 뭘 말하든 후회하는 건 나일 것 같았다. 게다가 이미 알고 있는 거라면 시치미를 떼 봐야 소용없는 짓이고.

"진짜 어릴 때부터요. 아마도 유치원 때."

"아니. 내가 없던 동안에는 언제부터냐고."

"어. 그냥 계속?"

아버지는 땅이 푹 팰 것같이 깊은 한숨을 여러 번에 나눠서 쉬었다. 부들부들 떨리는 주먹이 꼭 나를 칠 것 같아 무서웠다. 아버지가 고개를 숙이고 내게 화를 냈다.

"끝내야 된다는 생각은 안 들었어?"

아무 대답도 할 수 없었다. 하지만 억울했다. 내가 기연이를 끌어들인 게 아닌데. 항상 기연이가 먼저였는데.

우리는 정말 처음부터 그랬다. 일곱 명이 한 집에 살던 시절에도 기연이는 밤이면 밤마다 내게 안기고 입술을 댔고, 넷이서만 살게 되었을 때부터는 한방을 쓰니까 자연스레 더 원하게 되었다. 뭐가 잘못된 건지는 알지 못했다. 동생과는 그러면 안 된다는 인식은 한참 후에야 들었다. 그걸 알고 나서도 여태 고치지 못했다. 지독한 습관처럼, 전혀 고쳐지지 않았다. 그리고 나는 기연이를 밀어내는 법을 배우지 못했다.

그런데 아버지는 도대체 어떻게 알게 된 걸까. 모든 걸 알면서도 우리를 버려둔 채 사라졌었던 건가. 나를 이 지옥에 밀어 넣고, 얼룩에서는 꺼내 버리고? 아버지가 또 내 탓을 했다.

"이제 너도 어른이잖아. 네가 해결했어야지. 가족끼리 그러면 안 되는 거야. 무슨 일이 있어도 해서는 안 되는 짓이라고."

가족? 가족을 버리고 갔던 사람이 지금 무슨 소리를 하는 건지. 화를 내야 하는 건 오히려 내 쪽이었다. 10년간 아빠는 어디 갔냐고 묻고 여기저기 들쑤시고 다녔던 일들이 전부 허무하게만 느껴졌다. 목 끝까지 올라온 분노가 고함으로 변해 튀어나오려 했다.

"당신이 무슨 자격……."

"안 들어오고들 뭐해?"

"그냥 얘기."

엄마였다. 아버지가 시선은 내게 고정한 채 엄마에게 대답했다. 따갑게 쏟아지는 눈빛에 나도 함께 노려보았다. 엄마가 현관 계단을 내려서 우리가 있는 쪽으로 다가오고 있었다.

"집 놔두고 왜 여기서? 들어오지."

"그래. 도진이는 들어가라."

아버지가 내 등을 툭툭 치며 일으켜 세웠다. 얼룩에 빨려 들어갔다 온 바람에 힘이 다 빠져 있는데. 억지로 들여보내는 힘에 기운까지 다 빠졌다. 엄마가 다정하게 내 어깨를 안고 토닥여주지 않았더라면 정말 그대로 현관 앞에서 쓰러질 뻔했다.

"뭐야, 둘이 뭐 비밀 얘기라도 했어?"

"그리고 도진 엄마는 나랑 얘기 좀."

별거 아니라고 대답하려 했는데. 아버지가 먼저 내 말을 가로막고 엄마를 불렀다. 따뜻하게 나를 감싸주던 엄마의 손이 떨어졌다. 뒤를 돌아보니 아버지 표정이 또 무서워져 있었다. 할 말이 많은 건 나라고. 나도 함께 눈에 힘을 주며 일단은 엘리베이터를 잡았다.

기연이는 무슨 병에라도 걸린 건지 정말로 계속 자고 있었다. 할 일도 없고 엄마랑 아버지가 나에 대해 어떤 얘기를 나눌지도 신경이 쓰여 아무것도 하지 못하고 그냥 거실에 앉아 물만 들이켰다. 당장이라도 누워서 자고 싶은데. 혹시라도 아버지가 기연이와 내 관계를 다 털어놓기라도 한다면, 그런 다음에 기연이 옆에 누워 있는 걸 본다면. 정말 다 끝장날 것 같았다.

기분상으로는 몇 시간쯤 흐른 것 같은 20분이 지나고, 엄마와 아버지가 나란히 대문을 열고 들어왔다. 표정만으로는 무슨 얘기를 어디까지 나눴는지 추측할 수 없었다. 둘의 태도는 끔찍하리만큼 평소와 같았다. 아까는 나에게 화를 내던 아버지도 평소의 그 짜증나는 도사 표정으로 돌아와 있었다.

"피곤해 보이는데 가서 자라."

게다가 기연이 옆에서 자라고? 내가 할 말은 아니었지만 정말 이건 무슨 콩가루 집안이야, 라고 소리라도 지르고 싶었다. 가만히 아버지를 노려보다 자리에서 일어났다. 앞으로 무슨 일이 벌어지든, 내가 기연이랑 정말 계속 이렇게 지낸다 해도 그건 다 아버지 탓이니까. 정말로 아버지가 나를 이 속으로 밀어 넣은 거니까. 이불 안으로 몸을 쑤셔 넣었다. 잠든 상태에서도 거의 반사적으로 내게 안겨오는 기연이를 토닥이며 눈을 감았다. 눈꺼풀 안으로 얼룩이 아른거렸다.

몇 분 못 잔 것 같은데. 기연이가 만져대는 통에 또 잠이 깨고 말았다. 어둠 속에서 기연이가 내 몸 위에 올라와 있는 게 느껴졌다. 마치 내 얼굴을 다 녹여버릴 것처럼 달려드는 입술, 자연스레 바지 속으로 들어오는 손. 허리를 들고 바지를 내리게 해주었다. 머릿속을 가득 채운 아버지의 평온한 얼굴이 나를 그렇게 만들었다.

기연이의 혀가 천천히 내 목과 가슴으로 내려갔다. 평소에는 꼭 아래만 필요하단 것처럼 굴더니. 기연이도 오늘따라 외로웠나. 손을 내밀어 기연이의 가슴 위로 손을 올려보았다.

"오빠. 뭐해?"

기연이가 물었다. 만지면 안 되는 거였나. 얼른 손을 내리고 미안하다고 대답했다. 그리고 불이 켜졌다.
　갑작스레 쏟아지는 불빛에 정신을 못 차리고 한참을 눈을 비볐다. 그 사이 반쯤 일어난 내 것을 잡고 기연이가 자신의 안으로 쑤셔 넣었다. 꼭 쥐어짜는 듯한 손길이 너무 아파 나도 모르게 입술을 꽉 깨물었다. 곧이어 내 몸 위에서 기연이의 달뜬 숨소리가 이어졌다. 손을 뻗어 기연이를 꼬옥 안고 함께 움직였다. 입을 벌리고 나도 함께 숨을 뱉어내었다. 가슴 속 깊이 쌓여 있던 한숨들이 하나씩 빠져나왔다. 먹먹하던 시야가 천천히 밝아졌다.
　"오빠. 뭐하는 거야."
　기연이가 벽에 기대선 채 울고 있었다. 눈물로 범벅이 된 얼굴이 나를 원망스레 쳐다보았다. 동시에 내 어깨에 입술을 묻고 있던 엄마가 고개를 들었다.
　"동생이 묻는데 왜 답을 안 해, 도진아."
　"……."
　"말해줘야지. 뭘 하는지."
　엄마의 얼굴이 다시 가까워졌다. 콱 하는 소리와 함께 입술이 터졌다. 왈칵. 피가 입 안으로 잔뜩 쏟아졌다. 엄마가 내 입술을 계속 문 채 알 수 없는 말들을 뱉었다. 찰싹찰싹. 엄마의 엉덩이가 내 허벅지로 떨어지는 소리가 요란하게 들렸다.
　"내가, 널 안 건드리기로, 약속한 게, 언제 적 일인데, 대체, 뭐라고, 한 거야, 네 아빠한테, 뭐라고 했어, 말해, 말해!"

엄마가 이를 세우고 더 세게 내 입술을 물었다. 차라리 누가 입술을 칼로 도려내주는 게 덜 아플 것 같았다. 터져 나오는 울음을 참을 수가 없었다. 내 두 팔을 붙잡고 있던 엄마의 손이 목으로 올라왔다. 마구잡이로 졸라대는 손힘에 숨이 막혔다. 목구멍으로 쏟아지던 피들이 제대로 내려가지 못하고 입 안에 고였다. 주먹을 들고 허공에 휘둘러보았다. 몇 번의 헛손질 끝에야 엄마의 얼굴을 제대로 칠 수 있었다.

잠시 입술이 떨어진 사이에 고개를 위로 치켜들었다. 입 안에 고여 있던 피들이 얼굴 가득 흘러내렸다. 눈앞이 핑글핑글 돌았다. 코로도 입으로도 숨이 쉬어지지 않았다.

"도진아."

갑자기 위에서 아버지 목소리가 들려왔다. 제대로 보이는 것 하나 없는 시야에 천장에 그려진 얼룩만이 어렴풋하게 눈에 들어왔다. 누군가의 옆얼굴 같은 저 모양, 탄산수의 바다.

닿을 리 없다는 걸 알면서도 손을 번쩍 들었다. 그리고 얼룩이 열렸다. 아버지의 손이 내려왔다. 엄마는 여전히 내 목을 조르는 중이었다. 눈물과 핏속에서, 아버지가 어깨까지 얼룩 밖으로 내밀며 내 손을 잡으려 애쓰는 게 보였다. 손가락이 서로를 계속 스쳤다. 나도 몸을 위로 올리며 손을 계속 뻗었다. 목이 끊어질 것처럼 아팠다. 얼굴과 몸이 분리되는 것처럼 고통스러웠다.

"가자."

이제 더 이상은 한계다 싶었던 순간. 아버지가 내 손을 잡고 힘차게 잡아당겼다. 발밑으로 엄마의 고함 소리와 기연이의 눈물이 흩어졌다. 어둠이 나를 감쌌다. 온몸을 다 짓누르는 느낌, 저 속에서 무언가가 나를 빨아들이는 감각. 얼룩 안이었다.

눈을 떠보았다. 아직은 까만 벽들이 이어지고 있었다. 앞으로, 앞으로 가야 해. 남아 있는 모든 힘을 다해 헤엄쳤다. 그러자 주변이 짙은 남색, 진한 파란색, 청록색, 연한 군청색 차례로 밝아지기 시작했다. 그리고 아버지가 있었다.

"이번에는 꼭 구해줄 테니까."

아버지는 울고 있었다. 부들부들 떨리는 손은 아직도 나를 꼭 잡은 상태였다. 옆을 둘러싼 물들이 따끔따끔, 나를 찔러왔다. 배를 간질이듯 온몸을 스치고 지나가는 짜릿함. 눈물의 바다. 아버지의 도피처.

"아빠."

내 목소리가 마치 어려진 것처럼 들렸다. 아버지가 나를 돌아보았다. 흑, 하고 터져 나오는 울음 끝에 웃음이 보였다. 그리고 우리 앞에는 하얀빛이 기다리고 있었다.

빨간 반성문

거울을 샀다.

세상에 있는 모든 것을 한 번에 다 비춰줄 것만 같은, 아주 커다란 그런 녀석으로. 이 정도 대형 주문은 저희도 처음이라서요, 허허허. 인부들은 미리 잘라온 거울에, 아니 그때까지는 단지 유리판이었던 녀석의 등 뒤에 접착제를 바르기 시작했다. 근데 뭐 춤이라도 하시는 분인가 봅니다? 이렇게 집을 다 거울로 두르시게. 제법 돈 좀 잘 받겠다 싶은 남자가 말을 꺼냈다. 확실히 그는 면적이 적힌 종이를 들고 있는 것 외에는 아무 일도 하고 있지 않았다.

아뇨. 이제부터 좀 해보려고요.

물론 그럴 생각은 전혀 없었다. 춤이라니. 나와는 너무나도 거리가 먼 단어였다. 그러나 그 남자를 따라 나를 춤 선생님이라고 부르는 인부들을 말릴 생각은 없었다. 인부들이 돌아간 것은 온 사방의 벽은 물론 바닥과 천장, 창문까지 모두 유리로 막힌 후였다. 안녕히 가세요, 수고하셨습니다. 쾅 닫힌 대문을 끝으로 집 안은 온통 어둠 속에 잠겼다.

그러나 그 안에 내가 있었다. 셀 수 없이 많은 내가. 똑같은 모습을 한, 그럼에도 각기 다른 내가. 그 어둠 속에 존재했다. 춤 선생이라…… 돈 잘 벌 듯한 남자의 말이 떠올라 피식하고 입술을 비틀어보니 수많은 나도 함께 피식거렸다. 기분 좋은 웃음들이었다. 혹은 기분 나쁜 웃음들이었다. 뭐가 됐든 웃음은 웃음이었다. 그것은 나로부터 피어나 보이지 않을 저 끝까지 닿아 있었다. 나는 나도 모르는 새에 저 먼 곳까지 갈 수 있었다.

눈이 어둠에 익숙해지는 것이 느껴졌다. 그때 오른쪽 거울 속의 내가 말했다. 멍청아, 그건 어둠이 널 위해 잠시 물러나 준 것뿐이야. 그랬다. 내 눈은 그렇게 똑똑하지 못했다. 김밥 속의 초록 물체를 집어 들고 이게 시금치야 오이야 몇 분간 고민을 하는 내 눈이 과연 어둠을 인식할 수나 있었던가. 그때 왼쪽 거울의 내가 말했다. 그게 아니라 거울 속에 불이 켜진 거지. 정면 거울의 내가 비웃었다. 야, 거울 속에 형광등이 어딨냐. 그러자 이제는 방향이 어딘지 분간도 안 되는 곳에 있는 나로부터의 목소리가 들려왔다. 형광등만 불이냐. 하여간 생각이 좁다니까.

생각이 좁다는 그 어딘가에 있는 나로부터의 목소리에 나는 눈을 감았다. 이제부터는 아닐 것이다. 이제부터는 아닐 거야. 나는 어디든 갈 수 있으니까. 나의 생각은 나의 몸과 더불어 어디로든 자유로이 갈 수 있을 테니까. 눈을 감고 있는데도 거울 속의 모든 내가 나와 함께 고개를 끄덕이고 있는 것이 느껴졌다. 그래 우리는 갈 수 있으니까. 조금 신경질적이던 정면의 내가 날카로운 목소리로 마무리를 지었다.

거울을 샀어.
갑작스러운 내 말에 스누피는 푸하하 커다란 웃음을 터뜨렸다. 야, 층! 아서라 아서. 이제 와서 거울 산다고 수박이 호박, 아니 호박이 수박 되냐? 그러자 옆에서, 그건 줄을 그어야 되는 거지, 하고 노란새가 같이 웃었다.
거울이고 뭐고 간에 다음 주 기사 수정 다했어? 그저 오자가 좀 많던 거 같던데. 스누피는 웃음을 멈추고 그 나름의 진지한 표정을 지었다. 응, 하고 있다니까. 하는 수 없이 조용히 내 책상으로 돌아오는데 노란새가 넌 거울 안 봐도 충분히 수박이야, 라고 조금 이상한 위로를 했다. 하여간 그 스누피에 그 노란새다. 의자에 앉아 스누피가 지적한 기사를 집어 들고 보기는 보는데 뭐가 틀렸다는 건지 모르겠다. 아무리 봐도 까만 선들이 글씨로는 보이질 않았다. 하얀 종이 위의 까만 선들을 보면 스누피의 참 단조로운 얼굴부터 떠올라 고쳐야겠다는 생각이 사라지고 만다. 우습지만 왠지 교정이라는 게 스누피의 얼굴에 빨간 펜을 들이대는 것만 같아서. 그런 상상을 하니 조금 기분이 좋아져 큭큭 웃음이 새어 나왔다.
거울 산 게 그렇게 좋은가봐. 노란새가 이상하단 듯 스누피를 바라보며 실실 웃었다. 그러게나 말야. 이제 인간 좀 되려나 보지. 그랬다. 그나마 마음이 잘 맞는 스누피와 노란새가 있는 이 부실 내에서마저 충(蟲)이라고 불릴 정도로 나는 인간이지 않았다. 인간은 사회적 동물이다, 사람 인(人)이라는 한자는 두 사람이 서로 기대 있는 형상을 나타낸 것으로 이는 인간이 홀로는 살아갈 수 없다는 것을 보여주는 단적인 예다, 혹은 인간(人間)이라는 말의 한자만을 보면 사람과 사람 사이라는 뜻이 보이지 않느냐 등등. 스누피에 의하면 세상은 온통 이따위 인간만의 인간론에 뒤덮여 있었다. 그런 거라면 나는 차라리 한 마리 벌레이고만 싶었다. 어쩌면 스누피와 노란새가 부르기도 전에 충이라는 그 이름을 지었던 건 나였는지도 몰랐다.

그런데 내가 인간이 되려 거울을 샀던가? 그건 아닌 듯하다. 마침 기사 속에서 발견한 그 문장 위로 빨간 펜을 들이댔다. 종이 위 스누피 같은 까만 선들 위로 내가 그려 넣은 빨간 동그라미가 수겹 더해졌다. 야, 너 교정보랬더니 뭐 하는 거야. 스누피의 고함이 들려왔다.

문을 열고, 문을 닫았다. 현관 구석의 롱부츠가 시야에서 지워진다. 어둠에 익숙해진 건지 아니면 어둠이 물러나 준 건지 여하튼 나는 거울로 된 방 한가운데 서서 오늘 있던 일을 나들에게 전부 들려주었다.

오늘도 스누피가 성질을 부렸어. 시키는 대로 빨간 펜으로 교정이란 걸 좀 해줬더니 말야. 그랬더니 노란새가 야, 놔둬라. 저 문장이 마음에 드나 보지. 차라리 저 문장을 표제로 세우는 건 어때? 라고 해서 이번엔 스누피랑 노란새가 서로 고함을 지르고 그랬어. 그래. 우리는 엉망진창이야. 뭐 하나 제대로 굴러가지 않지. 한심하고 참 그래. 뭐 누가 봐주는 신문도 아니니까. 일주일에 한 번이라는 발행 원칙은 단 한 번도 지켜진 적이 없어. 내가 이렇게 문제를 만들어주는 것도 다 그 발행 원칙을 지켜주지 않으려는 친절이야. 나는 스누피랑 노란새를 좋아하니까.

그때 아마도 예전엔 오른쪽에 있었던 내가 말했다. 하여간 멍청한 짓은 다 저지르고 다니는구나. 정면의 내가 말했다. 너도 만만찮아, 병신아. 왼쪽의 내가 소리 질렀다. 야, 너 말 좀 가려서 하랬지. 거울 속은 온통 고함 소리와 욕설로 가득 찼다. 내가 분명 너 입조심하라고 말했다, 넌 한심하다, 니가 뭐가 잘났냐 등등. 서로 언성을 높이는 나들을 보며 나는 뿌듯해졌다. 나는 나들을 좋아하니까.

그나저나 말이지.

한참 후, 갑자기 내가 말을 걸자 나들은 모두 입을 다물고 나를 응시했다. 내가 나들을 바라보듯 똑같은 눈빛으로. 그 순간 나는 꼭 내가 하나로 모여진 것 같은 기분이 들어 불쾌했다. 그래서 서둘러 시선을 바닥으로 돌리고 입을 열었다.

내가 거울을 샀다고 했더니 스누피가 당장 거울에 대한 기획을 해보라는데 어쩌지? 인류가 거울을 어떻게 손에 넣었는지부터 거울이 가지는 의미나 뭐 그런 것들 말야. 온갖 잡동사니를 다 긁어모아 뭐 좀 하나 써보라는데 어쩌지?
 정면의 내가 말했다. 써, 쓰면 되잖아. 그랬더니 이번엔 왼쪽의 내가 또 그 말을 가로막고, 야, 나는 글 못 쓰잖아. 너는 잘 쓰냐? 내가 못 쓰는데 니가 쓰냐? 그 말이 끝나자마자 거울 속은 온통 글을 쓰네 못 쓰네로 또 한 차례 고함판이 벌어졌다. 나는 나들을 너무 좋아하나 보다. 시도 때도 없이 싸움거리를 던져주니 말이다.

 나도 언젠가 인간이었던 때가 있었다. 지나치게 일직선으로 걷고 지나치게 일직선으로 생각하던 그런 날들이. 하지만 직선은 직선인 채로는 살아갈 수 없었다. 다른 직선과의 만남이 강요되었다. 각도를 재야 한다, 길이를 구해야 한다, 도형을 만들어라…… 많은 요구들이 나를 직선이고 싶지 않도록 만들었다.
 그리고 그 일은 내가 조금은 직선의 삶에 지쳐 있던 때에 일어났다. 과정은 기억나지 않는다. 떠올리려 해도 떠오르지 않는다. 시금치와 오이도 분간 못하는 내 눈이 매달려 있는 뇌니까 그 정도 기억이야 쉽게 잊었을 것이다. 그러고도 남을 놈이었다.

 나는 어느 사무실 바닥에 꿇어앉아 있었다. 그것만은 아직도 생생하다. 짙은 회색 문과 아이보리 벽 그리고 귀퉁이에 처박히듯 세워진…… 길쭉한…… 벽…… 거울.
 다 알아, 너 같은 애들은 꼭 그렇게 아무것도 모르는 척하면서 상황만 피하더라. 근데 그거 아냐? 우린 너 같은 애들 하루에도 수 없이 잡아. 너 같은 애들은 천지에 깔렸어. 너만 억울한 거 아니거든? 아이고, 돈이 있으셨어? 돈이 있는데 책을 훔쳐? 왜, 친구랑 놀러갈 돈은 있고 책 살 돈은 없디? 하긴 그렇게 생겼네. 어디 책 한 자 읽을 얼굴이 아니네. 그래 하긴 이것도 문제집이라고 억지로 집어 든 거겠지. 이것 봐. 좀 좋게 봐주려고 반성문 좀 써 오랬더니 이게 뭐냐. 빨간 펜으로 쓴 게 뭐가 반성의 의미가 있어. 야, 너 지금 우리한테 시비 거냐? 너 돈 있는데 도둑으로 몰았다고 항의하는 거야 뭐야! 뭘 봐, 그 눈은 또 뭐야. 어른한테 그게 뭐냐고.

그 순간이었다. 내 반성문이 그들의 손에 의해 갈기갈기 찢겨진 것은. 그때까지 살아오며 글 참 잘 쓴다는 소리밖에 들어보지 못했는데. 단지 필통 속에 빨간 펜밖에 없었단 이유로. 바닥에 떨어지는 내 붉은 글씨들이 그들의 매서운 손보다 더 아팠다.

거울 속의 내가, 나보다 더 빨리 눈물을 닦고 있었다. 그리고 조심스레 바닥에 널브러진 내 글씨들을 안아주고 있었다. 내가 할 수 없던 것을, 나는 할 수 있었다.

이게 어디서 눈을 또 치켜떠? 뭘 잘했다고 울어, 울기는. 야, 너 같은 애 한두 명 아니라니까. 여기가 아무리 크다고 너 같은 애를 알아보지도 못할 거 같냐? 너 같은 애는 얼굴에 책 도둑이라고 써 있어, 임마. 머리 꼬라지도 그렇고 교복 꼬라지도 그렇고, 아주 집에서 내놨구먼? 서는 몇 번이나 들락거리셨어? 니 인생이 참 암울하다, 아주 날라리라고 온 얼굴에 몸에 써 붙이고 다니는구먼?

누군가가 가방 속에서 빨간 펜을 찾아내 찢겨진 반성문 위로 던졌다. 더 공부할 것도 없으니까 자습 시간에 애들 채점이나 해달라며 담임이 건네주던 내 빨간 펜이…… 그렇게나 날라리의 상징처럼 보인 적도 없었을 것이다.
 그래, 그들의 말이 맞았는지도 모른다. 그들 눈에 나는, 어른에게 예의를 못 지키는 한낱 건방진 계집애였을 것이다. 교복이 타이트해 보이는 것도 살 때문이라 핑계를 대려 드는 그런 애였을 것이다. 그 푼돈 좀 아껴보겠다고 스스로 잘랐던 머리는 어느새 돈 아끼는 예쁜 버릇이 아닌 암울한 날라리 인생의 증거로밖에 보이지 않았을 것이다. 그래, 그랬다. 그랬을지도 모른다. 나는 그들 말대로 아무렇지 않게 그대로 꼬리를 내리고 경찰에만 넘기지 말아주세요라고 울고 포기해야 할 그런 책 도둑이었을지도 모른다. 그럼에도 나는 끝내 직선을 걷는 사람이고 싶었다.
 그러니까요, 그게…… 제 필통에 펜이 그거밖에…… 그리고 책은 훔치려던 게 아니라, 이것 보세요. 지갑에 돈도 있잖…….
 순간 내 얼굴로 날아온 남자의 손바닥. 그리고 그 손보다 더 매운 그의 말. 그 돈도 어디선가 또 훔쳤나 보지. 얼른 광화문 일대 ATM기 조회해봐. CCTV에 애 찍혀 있나 확인해보라고. 어차피 이런 애들 하는 짓이 다 그게 그거지 뭐. 하하하. 그의 손에 들린 맥주 잔 뒤로 내가 움직이는 게 보였다. 찢겨진 종이와 빨간 펜을 들고 유유히 회색 문을 나서던 나.
 왜, 마시고 싶냐? 하긴 너 같은 애들이 뭘 못하겠냐. 교복 입고

술 먹고 담배 피우는 게 니들 일상이지. 하하하. 그저 나를 보았을 뿐인데 나의 죄목은 또 늘어나고 있었다. 이제는 하지도 않은 모든 탈선을 뒤집어쓰기 일보직전이었다. 나는 사람이고 싶었다. 그뿐이었다.

그날 이후, 그곳에서 어떻게 나왔는지 나는 전혀 기억하지 못했다. 내가 책 도둑으로 몰려야 했던 그 모든 과정을 깡그리 잊었듯이. 내 뇌가 그렇지 뭐. 암울한 날라리, 하는 짓마다 다 나쁜 짓인 그런 내가 그렇지 뭐.

같은 죄목을 뒤집어썼던 스누피와 노란새도 마찬가지였다. 우리는 누구도 그때 일을 제대로 기억하지 못했다. 스누피는 과정만을, 나는 폭력만을, 노란새는 탈출만을 기억했다. 우리 셋의 기억을 모아보면 모든 것을 알 수 있었을지도 모르지만 우리는 굳이 그러지 않았다. 그런 짓을 하면 우린 정말 더 이상 사람일 수 없을 것 같았다. 이미 사람이길 거부당한 주제에 이런 말을 하는 것도 우스웠지만, 우리는 조금이라도 사람의 틈에 발을 들여놓고 싶었다. 그것뿐이었다.

이것 좀 워드로 쳐줄래? 노란새가 자필 원고를 내밀었다. 여지없이 빨간 펜으로 쓰여진 원고였다. 예의 없기는. 스누피가 장난스레 시비를 걸었더니 노란새가 눈물을 뚝뚝. 하여간 또 시작이라니까. 나는 지겨운 척 고개를 돌렸고, 워드로 노란새의 원고를 한 글자 한 글자 옮기기 시작했다. 에이, 농담이야, 농담. 이제 익숙해질 때도 됐잖아. 스누피의 능글맞은 변명 뒤로 노란새의 농담도 좀 예쁘게 할 수 없어? 라는 신경질적인 목소리가 이어진다.

야 너 또 오자 제조하지. 한참 노란새를 달래던 스누피가 내 노트북 속의 화면을 보더니 또 핀잔을 준다. 놔둬, 충이 원래 그러잖아. 노란새가 USB를 넘기며 또 알 수 없는 위안을 던진다. 덕분에 늘 빠르잖아, 띄어쓰기 하나 없는 충이 워드.

그러고 보니. 스누피가 오자라고 부르는 것들은 글자가 아니었다. 띄어쓰기라는 빈틈이 필요했던 것이다. 화면을 보며 처음부터 다시 스페이스 바를 눌러보려 했더니 내 모습을 계속 지켜보던 스누피가 다시 말을 꺼낸다. 하지 마, 안 띄어도 돼.

왜? 맨날 오자라고 구박하면서. 휴지에 팽 하고 코를 풀던 노란새가 투덜대자 스누피는 고개를 돌리고 조용히 말한다. 글씨도 외롭지 않겠냐, 서로서로 떼어놓으면. 그래도 우리가 붙여줘야 쟤네도 인간답게 살지. 서로 붙어서 말이다. 인간만의 인간론 또 나왔다. 스누피의 눈을 보고 싶었다. 어떤 표정을 하고 있을지 궁금했다. 하지만 스누피는 시선을 돌린 채 나와 노란새에게 더 이상 아무 말도 하지 않았다.

글씨가 뭐가 외롭냐. 충이가 써주면 저렇게 예의 있는 색깔 옷도 입는데. 한참이나 시간이 흘러, 스누피의 돌아간 고개가 뻣뻣하게 굳어갈 때쯤, 노란새가 말했다. 거참 명콤비다. 멍하니 스누피랑 노란새를 바라보다 든 생각이었다. 하긴, 그러니까 스누피랑 노란새라는 이름이 붙었지.

　두 사람을 등 뒤로 하고 원래대로 띄어쓰기 하나 없이 노란새의 원고를 워드로 쳐내며 나는 생각했다. 그래도 스누피와 노란새는 나보다는 인간만의 인간론에 가깝다고. 또다시 스누피의 인간만의 인간론을 꺼내 생각해보니 그 사실은 방금 전보다 더 확실하게 다가왔다. 사람 인(人)이라는 한자는 전혀 사회적이지 않았다. 그것은 오로지 두 사람만의 인간(人間)이었다. 다 인쇄가 되어 나온 띄어쓰기 한 군데 없는 노란새의 원고가, 왠지 모르게 부러웠다. 질투가 날 정도로 글씨들은 인간다웠다. 다음번 워드 작업 때는 두 글자 간격으로 띄어쓰기를 넣어줘야겠다는 생각이 들었다.

　나들은 내 안의 변화에 민감하게 반응했다. 너 조금 달라졌구나? 오른쪽 두 번째의 내가 물었다. 나는 고개를 끄덕였다. 수많은 나들이 고개를 함께 끄덕였다. 그나저나 저번에 말한 거울 기획, 쓰기로 했어? 이번엔 왼쪽 세 번째쯤의 내가 물었다.
　응. 워드로 치면 괜찮을 것 같아서. 이것도 다 컴퓨터에 중독된 현대인이라는 증거지 뭐. 하하하.
　하하하. 하하하. 웃음소리가 거울 속 깊은 곳까지 울려 퍼졌다. 거울 속의 나들은 똑같은 표정으로 웃고 있었다. 하지만 반대 의견도 분명 있었다. 워드로만 치면 그게 무슨 글이야? 손글씨 하나 못 쓰는 게 무슨 글이야? 굳이 찾지 않아도 첫날부터 내게 삐딱하던 오른쪽 출신의 나였다.

그러게나 말이다…… 나와 더불어 수많은 내가 한숨을 내쉬었다.

그 일이 있은 뒤부터였을 것이다. 연필이든 펜이든, 그 어떤 필기구를 손에 쥐든 그 순간 알 수 없는 구토감이 밀려왔다. 글을 쓸 수가 없었다. 글은커녕 글씨 한 자 쓸 수 없었다. 글 참 잘 쓴다는 그간의 칭찬이 무색하게도 내 손은 움직일 생각을 하지 않았다. 그때까지 필사적으로 쓰던 모든 일기들도 쓰레기봉투에 담겨졌다. 남에게 보여주기 위해 쓰던 일기도, 나에게 보여주기 위해 쓰던 일기도. 그 어떤 것이든, 글은 내게서 멀어지고만 말았다.

그때의 나는 핑계를 찾아냈다. 글을 쓰지 못하는 게 아니라 글에 지친 것이라고. 하긴, 틀린 말은 아니었다. 버리기 전에 잠시 들춰본 나의 일기와 원고들은 전부 부끄러운 것들 투성이었다. 글이란 게 원래 그런 거긴 했다. 한 번 쓰고 덮어두어야만 좋은 글로 남을 수 있었다. 뒤돌아보면 자꾸만 부끄러움이 보였다. 생각해보면 빨간 펜으로 쓰여졌던 그 반성문이야말로 가장 부끄러움이 남아 있지 않은 글이었다. 뭐에 반성하는진 몰랐지만 어쨌든 일직선을 벗어났던 내게 반성하는 글. 나에게 있어선 너무나도 솔직했던 글.

하지만 나의 그 반성문은 읽히기도 전에 조각조각 찢겨야만 했다. 나는 그때 처음으로 알았다. 글씨에도 급이 있다는 것을. 검은 글씨만이 상급이고 그 외의 모든 다른 색 글씨는 하급이라는 것을. 하급의 글씨들은 그 안에 그 어떤 꿈을 품고 있든 버려지고 말, 그야말로 나와 같은 암울한 날라리였다는 것을.

그 이후로 나는 한 글자도 쓰지 못할 걸 뻔히 알면서도 필통 속을 검은 펜으로 채워 넣기 일쑤였다. 사실은 빨간 펜밖에 쥘 수 없었으면서. 검은 펜을 보고 있으면 내가 벗어난 일직선으로 돌아갈 수 있을 것 같았다. 그 일이 있기 전의 나로 돌아가 인간만의 인간론 안의 예문으로 등장할 수 있을 것만 같았다.

그러나 내가 그걸 진정으로 원했던가? 나는 뭘 원했던 거지?

결국 너는 남들도 하급의 글씨를 쓰길 원했던 것뿐이야. 오른쪽의 날카로운 내 목소리가 이어졌다. 그랬던 걸지도 모르지. 다 같이 색깔이 고운 글씨를 써주길 바랐던 걸지도 모르지. 그 어딘가의 내가 울음 섞인 목소리로 대답했다. 그게 무슨 상관이야. 글씨 색이 내용이랑 무슨 상관이란 말이야. 그 옆의 내가 우는 나를 다독이며 말했다.
근데 그게 상관이 있더라고. 나도 몰랐는데 그게 그런 거더라고.
내가 허겁지겁 변명을 해대자 거울 속의 모든 내가 나와 같이 하하하 웃기 시작했다. 하하하, 하하하, 하하하. 글씨에 급이 있더라니까, 하하하, 하하하, 하하하, 내용이 그 색깔 급에 결정되더라니까, 하하하, 하하하, 하하하, 그런 게 사람이니? 그런 게 함께 사는 인간이라는 거니? 그런 게 내가 원하는 사람과 사람이니? 하하하, 하하하, 하하하, 그런 글을 쓰는 게 사람이니?
마지막 질문은 나를 향한 게 아니었다. 눈물과 웃음을 동시에 그치고 나는 깨달았다. 모든 것을 돌리기 위해서 나는 그 질문의 대상과 만날 필요가 있었다.

있잖아. 너 그때 왜 검은 펜으로 썼던 거야?
부실에 들어서자마자 튀어나온 내 질문에 커피를 타던 노란새도, 그 질문을 직접 받은 스누피도 깜짝 놀라 나를 뚫어져라 쳐다봤다. 왜라니? 필통 속에 검은 펜밖에 없었으니까 그렇지. 나와 똑같은 이유를 대는 스누피. 그리고 오랜만에 동그랗게 커졌던 그 눈이 다시 평소의 단조로운 스누피 눈으로 돌아가고 있었다. 하지만 나는 그 눈을 다시 크게 만들 수 있었다.
너 그때 내 반성문 베껴 썼지?
말끝을 올리고 최대한 질문처럼 말하긴 했지만 그건 사실 질문은 아니었다. 확신에 가까운 질책, 혹은 의심의 탈을 뒤집어쓴 협박. 노란새가 헉 하는 소리를 내며 커피 잔을 바닥으로 떨어뜨렸다. 하지만 스누피는 내 기대와 달리 눈을 다시 동그랗게 뜨지는 않았다. 충이가 간만에 길게도 말하네. 허허, 하고 웃으며 스누피는 답을 회피했다.
말해. 너 그때 내 반성문 똑같이 베껴 썼지? 그냥 그렇게 냈지?
한참 후, 나를 돌아본 스누피의 눈에는 눈물이 맺혀 있었다.

하여간 이 찌질이, 떨떨이, 날라리. 이젠 하다못해 지 친구 반성문을 베껴 쓰냐. 하하. 우리가 이런 것도 구분 못할 줄 알았냐? 하이고, 여태까지 바르게 자라와 이런 오점을 남기게 되어 내 삶에 미안하다? 니가 니 삶에 미안해? 미안한데 이딴 짓을 하냐, 이 계집애 참 웃기네. 하하하.

그들이 보여준 또 다른 반성문은 분명 내 것과 같은 내용을 담고 있었다. 그러나 그건 검정색의 바른 글씨. 분명 수도 없이 봐왔던 스누피의 것이었다.

하여간 똑똑한 것들이 주변에 멍청한 거 달고 있으면 피해만 본다니까. 어쩌다 이런 친구를 사귀어 가지고는. 쯧쯧. 그 친구 참 바르게 생겼더구먼, 글씨 좀 봐. 큼직큼직 읽기도 좋고 내용도 좋고. 부모가 걱정 꽤나 하시겠어. 이런 친구들하고 어울리는 거 알면 참…… 바르게 키운 아들내미가 이딴 계집애들 때문에 이런 일까지 벌일 줄 누가 알겠어. 연락 안 하길 잘했지. 분명 부모가 이 얘기 들으면 당장 달려올걸?

그들 중 한 사람이 내 턱을 치켜들고 킥킥거렸다. 우리가 아까 그 남자애 부모한테 연락 안 한 거 감사히 여겨. 우리가 걔 부모 불렀으면 니들은 바로 퇴학이니까. 이 교복 줄여 입는 것도 오늘로 마지막이었을 테니까 말야. 쯧쯧. 하는 짓거리 좀 봐라. 아직 머리에 피도 안 마른 것들이 남자애 한 명 꼬셔가지고는 책 훔치는 동안 망이나 봐라 시키냐. 쯧쯧쯧.

나는 맹세코 반성문 속에서 스누피나 노란새에 대해 언급하지 않았다. 즉 남의 탓으로 돌린 적은 없었다. 내 반성문을 고스란히 베껴 쓴 스누피의 글을 제대로만 읽었더라면 그런 말이 나올 턱이 없었다. 어떻게 된 일일까, 어째서 나와 노란새가 주도자고 스누피는 망을 봤다고 결론짓는 것일까. 설마 스누피가 내 반성문을 베껴 쓰다가 우리 탓이라고 한 마디라도 덧붙였을까? 묻고 싶었다. 하지만 스누피는 이미 그곳에 없었을 것이다. 답을 들을 필요도 없었다. 심각할 정도로 그대로 복사한 것 같은 스누피의 반성문은 내 것과 똑같은 36번째 글 왼쪽 언저리에서 마침표를 찍고 있었다.
그건 내 반성문이었다.

난 말이지. 그날 니가 귀가 조치 받은 후 세 시간이나 그곳에 갇혀서 몇 대를 더 얻어맞았는지 몰라. 너는 그날 우리가 맞고 욕을 들은 걸 기억하지 못한다고 했지? 그리고 우리가 어떻게 나왔는지 기억 못한다고 했지? 그건 당연해. 니가 기억할 수 있을 리가 없지. 넌 그 두 가지 중에 어떤 일에도 끼어 있지 않았으니까.
쏟아지는 내 비난에 스누피는 계속 눈물만을 보였다.
입이 있으면 말을 해보라고, 평소에는 그렇게나 남의 말에 잘만 쏘아붙이더만 오늘은 입이 죽었어?
커피 잔 조각을 줍던 노란새의 손이 덜덜 떨리기 시작했다.
니 반성문은 내 거였어. 너는 내 반성문으로 면죄부를 받았지. 근데 내 건 찢겼어. 똑같은 내용인 니 건 안 찢겼더라. 정말 한 글자도 빠짐없이 똑같았는데. 같은 내용이었는데…… 내 빨간 글씨만…….

노란새가 손만큼이나 떨리는 목소리로 말했다.
그때 그 사람들은 우리 반성문을 찬찬히 읽어보지도 않았을 거야. 충아, 그만해.
그러니까 문제라는 거야! 단지 색깔 때문에 하지도 않은 도둑질을 뒤집어써야 했어. 한 적도 없는 날라리 인생을 이어받아야 했다고. 너도 마찬가지잖아. 스누피는 우리를 배신했어.
스누피가 우리를 배신한 거라고? 노란새가 반문했다. 나는 강하게 고개를 끄덕였다. 지난 몇 년 내 안에 숨겨져 있던 온갖 짜증과 불만이 토악질하기 직전처럼 올라오고 있었다. 글씨만 쓰면 몰려오던 구토감처럼. 스누피의 눈물이 시야에 들어오는 족족 그것은 내 안에서 분노로 다시 피어났다.
아냐, 충아. 그러지 마. 스누피는 우리를 배신한 게 아니란 말야.
노란새마저 울고 있었다.
왜 이래들. 왜 또 나를 나쁜 사람으로 몰아. 내가 뭘 잘못했는데. 나는 아무것도 잘못하지 않았어. 나는 그냥 내가 알고 있는 일직선을 살았을 뿐이야. 그런데 난 내가 그렇게 튕겨나갈지는 몰랐어.
노란새가 알아, 안다고. 나도 그러니까. 라며 별 도움도 안 되는 위로를 해댄다.
알긴 뭘 알아. 니가 뭘 아냐고.
내 짜증 섞인 소리에 여태 눈물만 보이고 있던 스누피가 조용히 입을 열었다.
우리 신문부…… 폐부다.

거울 속의 나들이 전부 울고 있었다. 오히려 나는 울고 있지 않은데 말이다. 잠옷 바지의 조금씩 어긋나게 프린트된 무늬처럼 나와 나들의 사이에는 조금씩 어긋남이 생기기 시작했다. 우리들 사이에 틈이 벌어지기 시작했던 것이다.

울지 마. 울지 말라고. 내 말 못 들었어? 울지 말라고. 이 멍청이들아. 어차피 나는 인간이 아니야. 나는 한 마리 벌레라고. 혼자 살다 혼자 간다고. 배신한 인간이 나쁘지 배신당한 인간이 나쁘냐? 나는 그럴 거면 차라리 벌레이고 싶다고 몇 번을 말해. 니들은 인간이 되고 싶으냐? 그렇게 배신하고 모든 거에 급이나 매기는 그런 인간이 되고 싶어?

거울 속의 나들은 아무 말이 없었다. 그냥 계속 울기만 할 뿐이었다.

울지 마. 대답을 해. 왜 자꾸 울어. 내가 니들 우는 거 보자고 계속 이러고 앉아 있는 줄 알아? 울지 마. 짜증난다고. 우는 소리 싫다고. 울지 말라고 몇 번을 말해!

현관에 놓여 있던 롱부츠를 집어 들었다.

울지 마. 울지 말라고 했잖아!

왼편에 있던 내가 깨졌다. 정면에 있던 나도 깨졌다. 오른편에 있던 나 역시 깨지고 말았다.

봐봐, 울지 말라고 했잖아. 분명 내가 말했어, 울지 말라고. 우는 건 패배자만 하는 짓이라니깐!

어디서 그런 인간만의 인간론에 나올 법한 훈계를 하는 거야. 이못된 놈아. 오른편에 있었을 나의 목소리가 어디선가 들려왔다.

나는 그대로 내 방에서 빠져나와 부실로 향했다.

스누피 없어. 전화해도 안 받아. 노란새는 묻지도 않은 일을 잘도 얘기해주었다. 밤새 운 모양인지 퉁퉁 부은 얼굴이 평소의 노란새답지 않았다. 나는 아무 일도 없었다는 듯이 내 책상 위에 쌓여 있던 스누피와 노란새의 자필 원고를 하나씩 워드로 쳐내기 시작했다. 노란새는 살짝 화가 난 듯했지만 고작 뭐 하는 짓이야, 라고 투덜거리며 조용히 자리에 앉는 게 끝이었다. 스누피가 없는 노란새는 그 어떤 것도 할 수 없었다. 둘은 둘이 함께 있어야만 가능했으니까.

나에게는 그런 사람이 없었다. 나는 그런 존재가 반드시 사람이어야 한다고 생각하지 않았던 것 같다. 내게 있어서는 그게 글이었다. 모두가 좋아하던 나의 글. 하지만 그 일 이후로 나는 나에게 붙던 모든 수식어와 이름 등등을 버리고 그야말로 충이라는 벌레 한 마리가 되어 살아왔다.

스누피의 원고를 집어 들었다. 검은 펜으로 쓰여진 그의 글씨는 여느 때처럼 네모반듯 읽기 편했다. 모두가 좋아할 듯한 그의 글씨에 나는 그에 대한 분노를 조금씩 잊고 있었다. 스누피의 잘못은 아니었다. 그건 나도 알고 있었다.

그럼에도 나는 스누피의 반성문을, 즉 내 글을, 나를 구해주지 못한 내 글을, 나를 인간이 아니게 한 내 글을 용서할 수 없었다.

충아. 이거 스누피가 남겨두고 갔더라. 노란새가 스누피의 책상 서랍에서 종이 뭉치를 꺼내주었다. 거울에 관한 자료들이었다. 빛바랜 개나리 같은 포스트잇에는 누구나 다 호의를 품을 듯한 스누피의 글씨가 적혀 있었다.

충. 벌레처럼 거울을 더듬어줘. 빈틈없이. 인간들한테 똑똑히 알려주자고!

그제야 스누피와 노란새, 그리고 거울 속의 나들에게 대신 흘리게 했던 눈물이 내 눈에서도 흐르기 시작했다. 포스트잇의 글씨가 검게 번져나갔다.

지난번 나를 춤 선생님이라 부르던 남자는 허허허, 과격한 춤을 추시나 봅니다? 라며 바닥에 흩어진 나들을 주워 담았다. 나들은 모두 나에게 손 한 번 흔들 기회조차 가지지 못하고 그렇게 폐기 처분 되었다.

스누피가 남겨둔 포스트잇이 기사가 된 것은 그로부터 한참 후의 일이었다.

그렇 게나 는벌 레로 서의 삶을 또이 어가 기시 작했다.

토익 학원 오전반의 미덕

그것은 태풍이었다. 눈을 뜨자마자 떠오른 생각에 절로 고개를 끄덕이고 말았다. 내가 생각하고 내가 수긍하는 꼴이 조금 우습기는 했지만. 얼굴을 들고 시계를 보니 알람이 울리려면 아직도 40분은 더 남아 있었다. 평소 같으면 알람을 끈 다음에도 한참 깨지 못하고 이불 속에서 뒹굴뒹굴대는데, 오늘따라 꿈이 강렬했던 탓인지 번쩍 눈이 떠지고 말았다.

생각해보면 이렇게 한 번에 잠이 깬 날도 드물었다. 여전히 선명하게 떠오르는 꿈을 떨쳐내려 애쓰며 우선은 이불 밖으로 발을 내밀어보았다. 방바닥이 얼음처럼 차가웠다. 발부터 올라오는 한기에 몸이 절로 떨렸다. 많이 추워지면 보일러 자주 틀어준다더니. 역시나 뻥이었다. 가만히 있다가 습관처럼 배에 손이 올라가고 말았다. 지금같이 방 안에서 혼자 있을 때야 상관없지만 밖에서도 이러면 티가 날 텐데. 서둘러 손을 내리고 아무도 없는 방안을 둘러보았다.

　배 속에 누군가가 들어 있단 기분은 조금 이상했다. 언제 생긴 아이인지, 누구 아이인지는 조사해 볼 필요도 없었다. 그 녀석밖에는 없으니까. 함께 PC방에서 일하던 남자애였다. 몇 달 전에 걔가 일을 관둔 이후로는 못 본 지 좀 되었다. 따로 연락은 하지 않았다. 임신 얘기는 하고 싶지 않았고, 어차피 배가 이만큼 나온 판에 떼란 소리도 못 할 테니, 돈 달란 소리로 들을 게 뻔했다. 그 녀석 돈이라 봐야 푼돈일 게 뻔하니 받을 가치도 없었다. 게다가 병원에서 낳을 것도 아니니까. 아기가 태어나는 순간 옆에 있어줄 사람도 필요 없었다.

　어쨌든 이제 곧 태어날 것이다. 늦어도 다음 달 전에는 나올 것 같았다. 따로 확인해본 적도 없고, 워낙에 생리가 불규칙했던 터라 정확한 날짜는 알 수는 없었지만 이번 달 안에는 나올 듯도 싶었다. 그리고 그날은 동시에 내가 죽는 날이 될 예정이었다.

　화장실로 바로 향하려다 걸음을 멈추었다. 이제쯤이면 익숙해질 때도 된 것 같은데. 아침에 눈을 뜨면 무조건 물부터 먼저 마시는 건 생각보다 쉽게 붙는 버릇은 아니었다. 책상 위에 올려둔 생수병은 밤새 살짝 얼어 있었다. 찬물을 마시려던 건 맞지만 이렇게까지 차가워질 필요는 없는데. 혀끝에 닿아오는 얼음 가루들을 밀어내며 물을 목 뒤로 넘겼다.

　오늘쯤은 생수병을 바꿔야 할까. 일주일 정도 썼으니 바꿀 때도 된 것 같았다. 그리고 보니 공동 냉장고를 쓰지 않은 지도 오래였다. 멀기도 하고 아침에 씻지 않은 얼굴로 갔다가 다른 방 사람들하고 마주치는 것도 싫고 그러니까. 물이나 간단한 먹을거리는 방에 두는 게 버릇이 되었다. 조금 녹여두면 괜찮으려나. 아무래도 밥 먹을 때 물이 부족할 것 같아 생수병을 이불 속에 넣어둔 채 화장실로 향했다.

전의 하숙집에서 쫓겨나듯 나오는 바람에 급하게 구하느라 제대로 알아보지도 못하고 들어왔더니 이번 하숙집은 이것저것 마음에 들지 않는 것들 투성이였다. 그래도 화장실은 공용이 아니니까 차라리 나은 건가. 변기 위에 앉아 멍하니 그런 생각을 하고 있자니 어제 일이 생각나 왠지 웃음이 나왔다.

긍정적이 되라는 말을 들었다. 학원 친구 정희한테서 들은 소리였다. 무슨 대화를 하다 나온 말이 아니었다. 정말로 밑도 끝도 없이 갑자기 튀어나온 그 말에 바로 대꾸하지 못하고 눈만 깜빡이며 설명을 기다렸던 것 같다.

"너는 입만 열면 다 싫은 소리밖에 없잖아. 여기는 이래서 싫고, 저기는 저래서 싫고. 그리고 저 사람은 어디가 어떻다느니 맨날 평가만 하고. 그렇게 나쁘게만 보니까 자꾸 더 그렇게 보는 거 아냐? 조금이라도 밝은 면을 보면 덜 피곤할 것 같은데."

바로 이어진 부연 설명에도 나는 아무런 대답도 하지 못했다. 내가 그렇게 부정적인가 하는 의심이 가장 먼저 들었다. 그리고 동시에 아닌 것 같다는 답이 떠올랐지만 그걸 굳이 정희에게 말하지는 않았다.

나보다도 부정적인 사람은 훨씬 많았다. 내가 아는 세상이 어느 만큼의 크기인지는 몰라도 적어도 내 세상에서는 그랬다. 정희가 나에 대해 묘사한 것과 똑같이, 모두가 입만 열면 나쁜 소리부터 했다. 칭찬이나 기쁜 말 같은 건 처음부터 할 줄 모른다는 듯이. 서로가 서로를 깎아내리고 밀어내고 욕하는 모습들뿐. 그중에서 나는 그나마 중간쯤에 속한다고 생각했는데.

사실 좋은 말만 할 세상이 아니기는 했다. 좋은 일이 있어야 좋은 말이 나올 텐데. 아무리 기다려도 나를 둘러싼 모든 것들은 하루가 다르게 점점 더 나빠지기만 했다. 고등학교 때나 새내기 때는 나보다 어린 애들이 더 많은 것을 누리고 있다며 부러워했는데. 다시 생각해 보면 세상은 날이 갈수록 나빠만 지니 늦게 태어났다고 좋을 일도 없을 것 같았다.

무엇보다 내 상황이 가장 나빴다. 이제 한 학기만 더 다니면 졸업인데, 라는 말을 벌써 몇 번째 하고 있는 건지. 중간에 한 학기를 다니기는 했지만 어쨌든 휴학만 벌써 네 학기째였다. 동시에 집에 들어가지 못하고 철새처럼 돌아다닌 지도 2년을 향해 달려가고 있었다. 아버지만 아니었으면 이 고생도 안 했을 텐데. 마지막으로 아버지와 마주 앉았던 날의 기억이 떠올라 화가 났다.

공무원 같은 건 관심도 없었다. 취업에 대한 막막함은 있었지만, 안정적인 직장을 잡고 싶다는 생각은 있었지만 공무원 쪽은 정말로 한 번도 생각해본 적이 없었다. 그래도 3학년 때까지 그런대로 성적도 잘 유지했고, 외부 활동도 많이 했으니까 취업 준비를 할 때 큰 어려움은 없겠다는 막연한 자신감도 있었다.

그런데도 마지막 1년을 남겨두고 등록금을 주지 않겠다고 협박하며 억지로 휴학까지 시키고 시험을 보게 한 건 아버지였다. 그런 주제에, 한 번에 붙지 못했다며 멍청한 년이라는 소리까지 해댔다. 한 번 만에 붙는 사람이 더 드문 건데. 몇 번을 설명해도 아버지에게는 통하지 않았다. 집에서 공부만 시켰으니 당연히 붙어야 하는 거 아니냐는 대답만 계속 돌아왔다. 그 말이 틀린 것은 아니었다. 휴학 첫 학기 때에는 정말 집에서 한 발자국도 나가지 못하고, 알고 싶지도 않은 공부만 계속 해야 했으니까.

두 번째 휴학 때도 그랬다. 여전히 나는 시험에 붙지 못했고 아버지는 그때마다 나를 발로 차대며 온갖 성질을 다 부렸다. 때리지 않을 때에는 나를 볼 때마다 자기 가슴을 팡팡 내리치기 일쑤였다. 속이 답답하다나 뭐라나. 내가 하고 싶어서 매달렸는데 실패해도 화가 날 판에, 하고 싶지도 않은 것에 억지로 묶어두고 그 난리를 피우니 나야말로 답답해서 견딜 수가 없었다.

1년간의 휴학을 끝내고 도저히 답이 나오지 않으니 그냥 학교로 돌아가겠다고 했을 때에도 엄청 맞았다. 시험 결과와 관계없이 어차피 휴학 가능한 학기가 다 끝나서 한 학기는 무조건 등록을 해야 하는 상황이었다. 하지만 그런 걸 설명해봐야 아버지가 이해해줄 리가 없었다. 오히려 내가 시험을 보기 싫어서 거짓말을 하는 거라고 했을 정도니까. 그때 외삼촌이 등록금을 내주지 않았더라면 정말 학교에 못 다닐 뻔했다.

그렇게 거지같이 시작한 학기가 제대로 굴러갈 리가 없었다. 등록금을 내준 것은 고마웠지만, 있는 눈치 없는 눈치 다 봐가며 외삼촌 집에서 지내는 것도 힘들었고. 가끔씩 아버지가 들이닥쳐 모두가 보는 앞에서 나를 때려대는 것도 자존심이 상하는 일이었다. 다른 동기들은 취업 준비로 한참 바쁜 판에, 나는 집에서의 일들 때문에 학교 수업에도 집중하지 못했다.

그래서 결국 또 휴학을 하고 말았다. 그렇다고 아버지 뜻대로 집에 돌아가 시험 준비를 하고 싶지는 않았다. 단지 이대로 마지막 학기를 다니고 졸업을 해버리면 무엇 하나 이루는 것 없이 내 인생이 그냥 끝나 버릴 것 같아서. 그래서 휴학계를 냈다.

휴학을 하고, 급히 방을 구해 외삼촌 집에서 나오고. 한 학기 동안 뭘 하며 지내면 예전처럼 돌아갈 수 있을까 많은 고민을 했다. 그리고 며칠간의 고민 끝에 나온 답은 뭐가 되든 자격증을 따두자는 것이었다.

학교 다닐 때 컴퓨터 관련 수업을 들으며 따뒀으면 편했을 텐데. 아무것도 없는 상황에서 막상 준비하려니 막막하기는 했다. 그래도 할 일이 생겼으니까. 처음 두 달 정도는 딱 집중해서 공부하고 시험을 보고 그렇게 지내는 것도 나쁘지는 않았다. 문제는 그 다음부터였다. 아무래도 혼자 지내다 보니 자꾸만 해이해지는 내 자신을 나도 통제할 수가 없었다. 자꾸만 놀고 싶어지고, 어차피 봄이 되면 학교에 다닐 거니까 조금은 쉬는 것도 좋지 않을까 하는 생각만 계속 들었다.

그러다가 정말 눈 깜짝할 사이에 봄을 맞이했다. 등록금 문제는 또 외삼촌이 해결해줘서 바로 복학할 수 있었다. 그래도 빚은 진 셈이니까. 열심히 다녀서 얼른 갚아야겠다는 생각뿐이었다. 정말로 5월까지는 그랬다. 중간고사는 망쳤어도 취업 수업도 잘 나가고 있었고, 여름 졸업이기는 하지만 어디든 한 군데 정도는 붙지 않을까 하는 기대가 있었다. 아버지가 나를 찾아오기 전까지는 모든 게 그렇게 평화로웠다.

거의 연을 끊은 거나 마찬가지였는데. 아버지는 기어이 서울에 올라와 하숙집에까지 쳐들어왔다. 그리고 또 신나게 맞았다. 하도 시끄럽게 싸워댄 통에 다른 방 사람들까지도 내 방을 다 들여다보고 갔었다. 그리고 바로 다음 날, 그 하숙집에서 쫓겨나고 말았다. 아버지는 이미 화풀이를 다 끝내고 강제로 휴학계를 내게 한 다음에 집에 내려가 버린 상황이었다.

정말 한 순간에 살 곳도 학교도 다 잃어버리고 나니 한숨밖에 나오는 게 없었다. 뭘 어떻게 해야 할지 아무런 계획도 떠오르지 않았다. 어렵게 등록금을 내줬는데 기말고사만 남겨두고 휴학을 해버렸으니, 또다시 외삼촌에게 손을 벌릴 수는 없었다. 일이 그렇게 진행되고 나니 휴학을 무르는 것도 무리수 같아 보였고.

외삼촌 외의 다른 아는 어른들에게 다 전화를 해보았지만 아버지의 입김 탓인지 10만 원이라도 돈을 빌려준다는 사람은 없었다. 하는 수 없이 다 사정이 비슷하다는 걸 알면서, 그쪽 부모님이 알면 결국 나만 나쁜 년이 된다는 걸 알면서도 친구들에게 손을 벌려버렸다. 총 일곱 명의 친구들에게 돈을 빌려 며칠 묵고 있던 여관비를 내고, 새 하숙집을 찾아 들어갔다. 그리고 지금까지 이렇게 버텨오고 있었다.

더 이상은 남에게 의지하면 안 된다는 것쯤은 이미 자각하고 있었다. 일단 몸을 눕힐 곳을 찾았으니 좋든 싫든 이제는 일을 해야 할 때였다. 낮에는 편의점에서, 밤에는 PC방에서 일했다. 여름 내내 그렇게 아르바이트만 하며 지냈다. 그러다 9월이 시작되니 학교도 안 다니는 주제에 학기병이라도 돋았나, 뭔가를 시작해야겠다는 생각이 들었다. 그래서 무작정 학원을 끊었다.

어디가 유명한지, 잘 가르치는지 알아보지도 않고 그냥 학교 근처에 있는 토익 학원에 등록해 버렸다. 지하철로 다녀야 하고 학원비는 조금 비쌌지만 그렇게라도 학교를 한 번씩 지나쳐보고 싶다는 바보 같은 생각 때문에 그랬다. 수업은 매일 아침 두 시간씩만 들었다. 그 이후는 여전히 전부 다 아르바이트였다. 토익 점수에 특별히 욕심이 있다든지, 필요한 점수대가 있는 것은 아니었다. 그저 취업 수업을 들었을 때 토익 점수가 좀 낮은 편이라는 말을 들었던 걸 떠올렸을 뿐이었다. 딱히 목표하는 게 없다 보니, 처음 하숙집을 구하고 자격증을 준비했을 때와는 달리 무난한 길을 가는 게 가장 옳아 보였다.

오늘도 아침부터 수업이 있었다. 일찍 깨버리긴 했지만 어쨌든 밥을 먹고 하다 보면 시간은 후딱 가니까. 얼른 준비해야 하는데. 혹시나 하는 희망에 배에 힘을 줘봤지만 오늘도 나오는 건 하나도 없었다.

 아침 바람은 1초도 봐주지 않고 차갑기만 했다. 바싹 마른 볼 위로 찬바람이 몇 번을 스치고 지나갔다. 겨울은 한참 남은 모양이었다. 지하철역 계단이 얼음으로 꽤나 미끄러웠다. 손잡이를 꼭 붙잡고 한 계단씩 조심스레 내려섰다.
 이른 시간이라 그런지 지하철은 텅텅 비어 있었다. 간간히 보이는 사람이라고는 어디 건물에 청소하러 다닐 것 같은 아줌마 아저씨들과, 아침까지 술병이나 끼고 있었을 게 뻔한 어린 애들이 다였다. 한심한 것들, 느린 것들. 아마도 집 밖에도 나오지 않았을 수많은 샐러리맨들을 향해 욕을 내뱉어 보았다. 복에 겨운 줄도 모르고 출근 시간에 맞춰서야 몸을 움직이는 게으름뱅이들.
 건너편 아저씨가 드르렁거리며 시끄럽게 코를 골았다. 보고 있기에 별로 좋은 풍경은 아니기에 눈을 감아버리자 바로 간밤의 꿈이 떠올랐다. 용도 호랑이도 복숭아도 나오지 않았다. 나 태몽이오, 하고 꿈이 말해준 것도 아니었다. 그럼에도 아직까지도 잊히지 않는 선명한 감각. 그것은 분명 태몽이었다. 어쨌든 주변에 개도 지나가지 않았으니 헛꿈은 아닌 것 같았다.
 꿈속에서 나는 급하게 어딘가를 향해 달려가고 있었다. 잘 보이지는 않았지만 아마도 사막 같은 그런 곳을 지나가던 중이었다. 말도 안 될 정도로 황량한 모래밭을 지나고, 또 지나고. 모래바람에 맞고, 또 맞고. 그렇게 계속 뛰자 눈앞에 상자가 나타났다. 딱

보기에도 매우 단단해 보이는 아주 짙은 갈색의 나무 상자였다. 크기는 대략 책 세 권을 겹쳐놓은 정도로 그다지 크지는 않았다. 그냥 보는 것만으로는 뭐가 들어 있는지, 왜 이곳에 있는지 전혀 유추할 수가 없었다.

상자는 공중에 부웅 떠 있는 상태였다. 마치 어딘가를 향해 날아가려다 그 자리에 멈춰버린 것처럼. 위, 아래, 옆 어디에도 상자를 지탱해주는 것은 없었다. 신기하다는 생각보다는 저걸 잡아야 한다는 알 수 없는 의무감이 먼저 들었다. 손을 앞으로 쭉 뻗어보았다. 손가락 사이사이로 모래가 잔뜩 들이닥쳤다. 그리고 상자는 잡히지 않았다.

분명히 바로 앞에 있는데. 조금만 손을 내밀면 바로 잡힐 거리로 보이는데. 몇 번 팔을 휘저어보아도 손끝에 닿는 것은 건조한 공기뿐이었다. 어떻게 꿈속에서 그런 생각을 해냈는지는 몰라도 여기는 사막이니까, 혹시 신기루 같은 건가 싶기도 했다.

손을 내리고 가만히 상자를 바라보았다. 저걸 잡아야 하는데, 그래야만 하는데. 이유도 모른 채 자꾸만 그런 생각을 했다. 뒤로 다섯 걸음쯤 물러났다가 빠르게 달려 상자를 향해 점프해 보았다. 여전히 잡히는 것은 아무것도 없었다. 다시 한 번. 열 걸음쯤 뒤로 갔다가 더 빠르게 달려들었다. 그래도 상자는 손에 들어오지 않았다. 꼭 내가 다가가는 만큼 더 높이 도망치기라도 하듯. 볼 때마다 상자는 더 멀어지는 것 같았다. 마지막으로 한 번 더. 이번에는 아예 한참 뒤로 빠졌다가 전속력을 내며 뛰어보았다. 제발, 이번에는 좀 잡혀라. 쉴 새 없이 발에 힘을 주어 달리며 내내 그렇게 빌었다. 그리고 점프!

탁. 손가락과 상자가 부딪치는 소리가 크게 울렸다. 정말로 내가 상자를 잡다니, 성공하다니. 기쁜 마음에 나도 모르게 큰 소리로 환호성을 질러버렸다. 대롱대롱. 상자에 매달린 내 몸이 바람에 따라 크게 흔들렸다. 학교 체육 시간에도 해본 적 없는 농구를 하고 있는 기분이었다. 이대로 그냥 매달려 있으면 되는 걸까. 상자를 잡아야 한다는 1차 목표를 달성하자마자 무언가 막막해지는 기분이었다. 이제 뭘 하면 되는 거지. 그냥 내려가도 되는 건가. 상자를 붙들고 있는 팔이 덜덜덜 떨려오기 시작했다. 저 멀리서부터 힘차게 달려온 두 다리도 슬슬 아파왔다.

그때 문득 상자를 열어봐야 한다는 생각이 들었다. 안에 든 게 뭔지 확인을 해야 한다는 그런 생각이었다. 여전히 상자에 매달린 채 손가락만 들어 가볍게 두 번 뚜껑을 두드려 보았다. 통통. 상자 색깔도 어둡고 나무도 두꺼워 보이니 둔탁한 소리가 나지 않을까 하는 예상과는 달리 꽤나 맑은 소리가 이어졌다. 혹시 비어 있는 건 아닐까. 어쨌든 확인차 열어보기는 해야 할 것 같았다.

온힘을 다해 상자를 잡아당겨 보았다. 꼭 하늘에 박혀 있던 것을 꺼내듯 쑤욱 하는 느낌과 함께 상자가 천천히 내 품으로 들어왔다. 동시에 위태롭게 떠 있던 내 두 발도 안전히 바닥에 착지했다. 방금 전만 해도 한 번에 잡히지 않아 별 고생을 다 시키더니. 의외로 간단하게 내려오는 상자의 모습에 약간의 허무함까지도 느꼈다.

가까이서 본 상자는 훨씬 더 어두운 갈색이었다. 들고 내려오는 것도 쉬웠으니까 여는 것도 그러겠지 하고 가볍게 뚜껑을 들어 올려보았다. 하지만 상자는 꽁꽁 잠긴 채 조금도 열릴 기미가 없어 보였다. 너무나도 단순히 생긴 상자였기에 도리어 어떻게 열어야 하는 건지 방법을 알 수가 없었다. 잠금장치가 따로 있는 것도 아니고, 그냥 손으로 열기만 하면 열릴 것처럼 생겼는데. 도무지 답이 나오지 않는 문제 속에 던져진 기분이었다. 그렇게 몇 분을 끙끙거리고 있다 보니 고생하는 건 내 손뿐이었다. 손가락이며 손바닥이며 심지어 손등까지도 새빨개져서는 얼얼하게 아팠다.

"어쩌라는 거야, 대체."

답답한 마음에 성질을 부려버렸다. 힘껏 던진 상자가 모래에 처박힌 채 나를 쳐다보고 있었다. 짜증이 나서 발을 동동 구르자 바닥에서 모래 먼지가 잔뜩 일어났다. 혀에서 텁텁한 맛이 나는 것 같아 입을 다물고 다시 생각을 해보았다. 그냥 다 때려치우고 도망가 버릴까. 상자를 열지 않으면 이상한 일이 생기는 건 아닐까. 그보다 애초에 왜 상자를 열고 싶어진 걸까 등등. 지금 돌아보면 그냥 웃긴 상황이었을 뿐인데 그 순간만은 꽤나 심각하게 고민했다. 그리고 그때, 열쇠가 내 손에 들어왔다.

정말 소리 소문 없이, 아무런 기척 없이. 열쇠는 원래부터 그곳에 있었다는 듯이 내 손에 들려 있었다. 처음 사막 배경을 보았을 때부터 꿈이라는 건 어느 정도 인식하고 있었지만 그쯤 되니 비현실적인 것도 정도가 있지 않나 하는 생각이 들 정도였다. 열쇠는 상자와 똑같은 나무로 만들어진 듯했다. 두 손 가득 들어온 열쇠의 단단하면서도 시원한 감촉이 모든 짜증을 한 번에 녹여버렸다. 그래, 상자를 열어야지. 내가 열어야지. 아니면 누가 열겠어. 자기 최면을 걸 듯 상자를 던진 자리로 걸어갔다.

그새 상자 위를 다 덮은 모래를 털어내고 다시 들어 올렸다. 우수수, 떨어지는 모래들과 여전히 한 손에도 번쩍 들리는 가벼운 무게감. 아까 보았을 때는 열쇠 구멍 같은 건 없었는데, 분명 아무런 잠금장치도 없는 단순한 상자였는데. 눈을 몇 번 깜빡이자 상자에는 커다란 열쇠 구멍이 생겨 있었다. 갑자기 열쇠가 내 손에 들려 있었던 것처럼 순식간에 일어난 일이었다. 이제는 정말로 더 놀랄 일도 없을 것 같았다. 아무튼 상자를 열 수만 있다면 된 거니까. 열쇠를 구멍 안으로 밀어 넣었다. 꼭 맞춰 만들어진 것처럼 정확하게 맞아 들어가는 열쇠. 긴장감에 손바닥에서 땀이 흘러내렸다. 왼쪽으로 돌릴까 오른쪽으로 돌릴까. 잠깐의 고민 끝에 그냥 오른쪽으로 한 바퀴를 빠르게 돌려버렸다. 그러자 뚜껑이 한 번에 바로 열렸다.

활짝 열린 상자 속은 온통 빛으로 가득 차 있었다. 반짝반짝. 눈이 부실 정도로 밝은 빛들이 조금씩 상자 밖으로 새어 나오며 모래 위에 떨어졌다. 이게 다인가. 도대체 무슨 의미가 있는 거지. 열쇠를 바닥에 던져두고 손을 빛 속에 담가 보았다. 그 순간 갑자기 상자가 부들부들 흔들리기 시작했다. 그리고 국수가 튀어나왔다.

당연히 처음에는 내가 잘못 본 건가 했다. 어떻게 여기서 뜬금없이 국수가 튀어나오나. 꿈이란 걸 알면서도, 비현실적인 상황은 이미 충분히 겪었으면서도 눈앞에서 벌어진 일을 믿을 수가 없었다. 깜짝 놀라 상자를 도로 던지려 했지만 어째서인지 상자는 더 이상 손에서 떨어지지도 않았다. 그렇게 놀라고만 있는 사이, 새하얗고 오동통한 면발들은 벌써 상자를 벗어나 바닥을 향해 떨어지고 있었다. 국수 특유의 냄새가 나지 않았더라면 힘차고 질긴 느낌이 꼭 밧줄처럼 보였을 것 같았다.

국수는 한 순간도 멈추지 않고 계속해서 튀어나왔다. 마치 용수철이라도 달린 것같이, 누군가가 상자 안에서 면 뽑는 기계라도 돌리는 것처럼. 속도도 양도 장난이 아니었다. 상자를 들고 서 있는 것조차 힘들어질 정도였다. 처음에는 발 근처에 조금씩만 떨어지던 국수는 이제 아예 내 허리까지 다 가릴 정도로 쌓여 있었다. 다시 한 번 상자를 떨어뜨리려 팔을 흔들어 보았지만 상자는 여전히 손에서 떨어질 줄을 모르고 국수만 뱉어냈다. 순식간에 국수가 가슴팍까지 차올랐다. 아직 그렇게 무거운 건 아니었지만 그 광경을 보고 있는 것만으로 숨이 조금씩 막히기 시작했다. 이러다 국수에 깔려 죽는 게 아닐까. 그럼 뭐라고 부르는 거지. 국수사? 아니면 숨 막혀 죽을지도 모르니까 그냥 질식사?

그 순간 잠에서 깨어났다. 내 몸을 짓누를 것처럼 튀어나오던 국수 면발의 감촉은 아직까지도 사라지지 않았다. 그렇게 선명한 꿈은 정말로 처음이었다. 모든 것이 날것처럼 생생한 느낌. 애매

하게 뭉뚱그려져 떠오르는 건 하나도 없는 완벽한 기억. 몇 번을 다시 떠올려 봐도 똑같았다.

지하철이 덜컹거리며 느릿느릿 기어갔다. 문이 열릴 때마다 아직 얼굴 가득 잠을 안은 사람들이 타고 내렸다. 오늘도 이렇게 시작되었구나. 한숨이 길게 튀어나왔다.

엘리베이터 문이 열리자마자 바로 정수기 앞으로 달려갔다. 나름 일찍 도착한 편인데도 티백 상자는 반쯤은 비어 있었다. 보리차는 이미 다 사라진 후였다. 녹차면 몰라도 둥굴레차는 별로 안 좋아하는데. 남은 건 온통 둥굴레차나 커피뿐이었다. 커피는 진작 끊었으니 더 이상 선택의 여지가 없었다. 그냥 있는 대로 다 집어 파일 가방 안에 쑤셔 넣었다. 그나마 다행인 건 과자는 몇 개 남아 있다는 거였다. 아마 5분, 아니 3분만 늦었어도 과자 그릇은 텅 비어 있었을 게 뻔했다. 일단 쿠키 하나를 입에 물고 나머지는 다 손에 들고 돌아섰다. 아무것도 먹지 못해 텅 비어 있던 위가 오늘의 첫 음식에 흥분한 듯 부르르 떨렸다.

그대로 강의실까지 걸으며 허겁지겁 세 번째 쿠키까지 입에 쑤셔 넣고 나니 이제야 주변이 좀 눈에 들어오는 것 같았다. 그러고 보니 어제 저녁 여섯 시부터 아무것도 먹지 못했다. 홀몸이 아니니까 평소보다 더 잘 먹어야 하는데. 오히려 요새 들어 더 많이 굶는 것 같았다.

아직 수업 시작까지 20분은 남은 것 같은데 강의실은 벌써 절반

넘게 차 있었다. 앞자리 경쟁은 오늘도 치열했던 모양이었다. 애초에 맨 앞자리는 포기한 지 오래니까. 그냥 쳐다보지도 않고 항상 앉는 맨 뒷자리까지 바로 걸어갔다.

혹시 이번 시간에 단어 테스트를 본댔었나. 사람들이 모두 문제집에서 눈을 떼지 못하는 것 같았다. 불안한 마음에 나도 문제집을 들춰봤지만 진도가 어딘지도 제대로 찾지 못하겠어서 바로 덮어버리고 말았다.

이번 달에도 망했네. 매달 하는 생각이 또 들었다. 항상 접수할 때에는 의욕으로 가득하다가 막상 시험이 다가오면 모든 걸 다 놓게 되는 패턴. 그럴 거면 차라리 시험을 접수하지 말든가 취소를 해버리면 나을 텐데. 그래도 본 게 있으니 조금이라도 점수가 오르지 않을까 하는 헛된 생각에 결국은 시험을 보기는 봤다. 그래도 이번 달은 막판에 벼락치기라도 좀 해볼까. 필통에서 샤프를 꺼내는데 의자 끄는 소리와 함께 정희가 옆자리에 앉았다.

"안녕."

"안녕."

"아, 커피."

나랑 같이 눈치를 보며 문제집을 펼치던 정희가 벌떡 일어서서는 강의실 밖으로 나갔다. 그러고 보니 매일 아침 강의실에 들어올 때 커피를 들고 왔었지. 나는 커피라고는 입에도 못 대본 지 벌써 몇 달째인데. 갑자기 향마저 절실해졌다.

"왜, 마실래?"

너무 쳐다본 걸까. 정희가 앉자마자 쑤욱 종이컵을 내밀었다. 컵 안 가득 진흙 같은 액체가 출렁이며 날 유혹했다. 안 된다. 마음을 다잡아야 했다. 홀몸이었을 때야 마음대로 행동했지만 지금은 그럴 때가 아니었다.

"괜찮아, 마셔."

"아, 그게."

"근데 너 밤에 라면 먹고 잤어?"

정희의 시선이 팅팅 붇은 내 손등에 닿아 있었다. 임신하면 다 붓는 건데. 그걸 지금 털어놓을 수도 없으니 그냥 묵묵히 커피를 받아 마셨다. 이거 한 모금 마신다고 애가 염색되어 나올 리는 없겠지. 어차피 지금쯤이면 몸이 다 생길 만큼 생겼을 테니까.

아기를 낳을 장소는 미리 물색해두었다. 하숙집 옆의 시장 골목에 있는 화장실이었다. 처음에는 학원 화장실이나 지하철역 화장실을 생각했다. 그래야 애가 빨리 발견될 테니까. 그런 면에서 하숙집 화장실은 처음부터 배제해두었다. 거긴 나밖에 안 쓰니까 아무도 아기를 발견하지 못할 게 뻔했다. 그렇지만 걸리는 게 한 가지 있었다. 조금 큰 역이나 건물 안에는 어김없이 CCTV가 달려 있다는 점이었다. 아기가 발견된 다음에 나도 함께 발견된다면, 아기는 또 내 손에 굴러들어 오게 될지도 모른다. 그때쯤이면 이 세상에 있을지 없을지도 모르지만. 아기를 낳는 건 꽤 많은 에너지를 필요로 하니까. 낳자마자 바로 한강 다리까지 걸어갈 기운은 남아 있지 않을지도 모른다. 게다가 모름지기 자살이라면 유서도 남겨놔야 하고 신발도 남겨놔야 하니까. 아기 낳을 땐 피도 나올 텐데. 신발에 피를 안 튀기고 낳을 자신은 없었다. 그렇게 베테랑이 되려면 애를 한 열둘은 낳아봐야 할 것 같았다. 어쨌든 제대로 된 준비를 위해선 역시 일단은 집에 다녀와야 했다.

 죄책감 같은 건 별로 들지 않았다. 오히려 내가 키우겠다고 나서는 것보다야 훨씬 더 책임감 있는 결단이라고 생각했다. 자기 앞길도 전혀 알 수 없는 대학생 아니 휴학생 엄마랑 사느니 변기 속에서 발견된 다음 뉴스 몇 번쯤 탄 후에 좋은 부모를 찾는 게 아기 인생에선 훨씬 더 나은 일이라는 건 누가 봐도 뻔했다. 그래도 함께 견뎌보잔 생각도 하긴 했다. 하지만 그러기엔 지난 몇 달 내내 나아진 게 하나도 없었다. 언제나 일상은 나빠지기 위해 존재하는 거니까. 그래서 그냥 죽기로 했다.

 그래도 나름 사회 공헌은 하고 죽는 거니까 후회는 없었다. 출산율이 어쩌고 하는데 잉여 하나라도 보태는 게 다행이지. 나라가 나한테 해준 건 개뿔도 없지만 나는 큰일 하나 하고 죽는다. 생각할수록 기가 막힌 애국이었다.

 앞으로의 일들을 상상해보고 있는 사이, 선생님이 강의실에 들어와 있었다. 시험을 보려나. 책을 덮었는데 선생님이 큰 소리로 말했다.

 "생각해보니까 오늘은 단어 테스트 범위가 좀 좁아서, 다음 것까지 합쳐서 내일 보도록 합시다."

 아 젠장. 갑자기 신호가 왔다. 배가 쿡 하고 아파왔다. 평소 발로 차던 것과는 전혀 다른 느낌이었다. 관자놀이가 쭉 당겨지며 눈앞이 번쩍했다. 안 되는데. 여기선 안 되는데. 안 그래도 오늘부터 날짜를 신경 써볼까 했는데. 왜 하필. 낳더라도 집에 가다 낳아 줄 테니까 조금만 기다리면 안 될까. 배를 붙들었다. 손톱으로 꾹 눌렀다. 그래도 여전히 꿈틀거리는 배 속. 하여간 애들이란 말을 제대로 듣는 법이 없다. 태어나기도 전부터 속을 썩인단 말이 다 맞는 말이다. 이 말은 주로 아버지가 나에게 했던 얘기지만. 손톱으로 계속 짓누르고 짓누르다가 결국 일어섰다. 선생님이 붙잡은 것 같기도 했지만 기억도 안 났다.

결국 CCTV 때문에 피하려 했던 학원 화장실로 와버렸다. 솔직히 애가 나온다는데 그딴 건 지금 상관없었다. 이 진통만 끝낼 수 있다면. 일단 옷을 내리고 변기에 앉았다. 휴지를 마구 뜯어 다리 사이로 집어넣었다. 태어나자마자 머리 박고 죽으면 안 되니까.

서점에서 언뜻 들춰본 책은 진통 간격이 천천히 줄어든 댔는데. 말도 안 돼. 벌써부터 5분 간격이다. 예고도 없이 이렇게 나오려 들다니. 성격이 급한 건가. 너도 참 쓸데없이 시간 낭비하고 싶어 미치겠는 모양이구나. 배를 꼭 감싸고 힘을 주었다. 바깥으로 소리가 새어나가지 않게 휴지를 더 뜯어 입에도 쑤셔 넣었다. 눈앞이 하얗게 질렸다. 그놈의 공무원 시험! 그것만 아니었어도. 갑자기 아버지 생각이 나서 입술에 힘이 더 들어갔다. 나라는 손쉽게도 나를 벼랑 끝으로 몰아넣더니 진짜 애국 한 번 하기 어렵네. 어금니끼리 서로 부딪쳐 갈리는 소리가 났다. 눈물이 주르륵 흘렀다. 이렇게나 아픈 거였다니. 이렇게나 힘든 거였다니. 젠장. 엄마한테 조금만 더 잘하고 살걸. 근데 얘도 나중에 지 힘들 때 내 생각을 해주려나. 고개를 숙이고 다리 사이를 노려보았다. 나올 기미가 없다. 생각을 해주긴 개뿔. 지 버린 엄마라며 이를 빠득빠득 갈겠지. 고마운 줄이나 알아라. 이 거지 같은 세상에 낳아주는 것만으로도 대단한 자기희생이란 걸 알아줘라. 끄응, 힘을 더 주었지만 여전히 살 끝에 걸린 듯, 나오려하지 않았다. 국수! 국수를 떠올렸다. 그래, 중국 어디선가는 긴 국수 면발이 장수를 뜻한다고 끊어 먹지도 못하게 한다더라. 넌 거지 같은 세상에 태어나지만 태몽답게 오래오래 살 거야. 널 낳고 있는 나는 그것도 못 살고 내일쯤 죽으러 갈 거니까, 넌 나보다 훨씬 더 나은 사람이 될 거야. 자식 이기는 부모 없다는 말 알지? 넌 태어날 때부터 이미 날 이긴 거야. 알았지? 그러니까 제발 나와 줘. 무사히 나와 줘.

아!

쑤욱 하고 뭔가가 미끄러지듯 떨어졌다. 미리 깔아둔 휴지와 변기물 속으로 철푸덕. 잠깐 숨을 몰아쉬었다. 얼른 내려다보고 싶었다. 어차피 버릴 거, 얼굴이라도 한 번 보고 살갗이라도 잠깐 만져보고 버리고 싶었다. 입에서 피 맛이 나는 것도 같았다. 눈물이 섞여 들어온 건지 짭짤한 맛도 났다. 몇 분이나 흘렀는지 감도 잡히지 않았다. 입에 물려 있던 휴지를 뱉어내고 얼굴의 땀을 닦아내었다. 마음의 준비는 다 되었다. 아기를 버리고 나를 버릴 준비. 그냥 생각한 대로만 행동하면 되는 거였다. 지금까지 한 것 중에 가장 쉬울지도 모르는 일. 그리고 가장 잘하는 짓일지도 모르는 일. 고개를 숙였다. 그리고.

국수. 국수였다. 기다랗고 가는 국수 다발이 휴지 위에 동동 떠 있었다. 어딘가 익숙한 흑갈색의 둔탁한 빛깔이 눈에 가득 들어왔다. 그리고 주변을 가득 채우고 있는 건 시뻘건 피. 젠장. 애 낳다가 똥도 같이 나온단 소리는 들었는데. 기껏 힘주고 낳은 게 아기가 아니라니. 열이 났다. 배가 다시 아파왔다. 아싸. 진통이다. 힘을 주었다. 이번엔 진짜로. 제발 진짜로.

뿌드드드득.

"아, 누가 이렇게 아침부터 똥을 싸대."

밖에서 누군가가 투덜대는 소리가 들렸다. 그러든 말든, 눈물이 멈추지 않았다. 장운동도 멈추지 않았다. 냄새도 멈출 줄을 몰랐다. 허탈함에 고개를 숙였다. 코를 찌르는 악취 속에 아기 따위는 보이지도 않았다. 눈물이 툭, 신발 위로 떨어졌다. 피가 묻기는 개뿔. 장운동만 멈추면 당장 한강에 뛰어들 작정을 하고 이미 아려오는 항문에 힘을 잔뜩 주었다.

혼자서 목걸이

집에 돌아와 보니 현관 바닥에 또 피가 튀어 있었다. 덕분에 거울 바로 아래 있던 흰 구두가 산타 장식처럼 보였다. 걸레로 피부터 닦았다. 흰 가죽에 배어든 핏물은 쉬이 지워지지 않았다. 이 구두를 사주려고 얼마나 많은 가게를 돌았던가. 오기가 생겼다. 이 핏물을 꼭 지워주고 말 거다. 걸레를 쥔 손에 힘이 잔뜩 들어갔다.

달칵. 문소리가 들렸다. 수인이가 안쪽 방에서 기어 나오고 있었다. 핏발 선 눈이 걸레와 구두 쪽을 바라보는 듯했다.

"머리 빗었지."

"응."

"빗은 어따 놨어."

"저어기."

수인이의 손가락이 싱크대 한구석을 향했다. 빗을 주웠다. 주변이 어수선했다. 부러지거나 떨어져 나간 빗살이 나뒹굴고 있었다.

빗살과 함께 머리카락 뭉텅이와 피가 굳은 살점도 함께 있었다. 휴지를 뽑아 쥐고는 바닥을 치웠다. 쓰레기통은 머리카락과 깨지고 부서진 물건들로 가득했다. 이게 다 3일 만에 채워진 양이었다. 참으려 해도 절로 한숨이 나왔다. 수인이가 기어오는 소리가 다시 귀를 채웠다. 내 손을 꼭 잡아주는 상처투성이 손.

"미안해."

"약 발라야지."

"잘할게."

해주고 싶은 게 너무 많은데. 손에 난 상처들을 바라보다 울어 버렸다.

그 흰 구두는 이틀 전에 사온 거였다. 수인이가 아직 잠들어 있던 토요일 아침. 부랴부랴 준비를 하고 나갔다. 검정 구두 바닥에 구멍이 났다고 했다. 처음에는 대신 수리를 해다 줄까도 생각했지만 그것보단 새것을 사주고 싶었다. 그러고 보니 검정 구두, 꽤 오래 신었다. 수술 때부터니까 세 달 꼬박 신은 셈이었다. 구멍이 날 만도 했다.

"뭐 찾으시는 거 있으세요?"

"그냥 좀 볼게요."

구멍은 진즉에 나 있던 모양이었다. 목욕할 때마다 발바닥을 감추길래 이상하긴 했는데. 하도 신경 쓰여서 발목을 붙들고 들여다보았던 게 벌써 한 달 전이었다. 이게 뭐냐 묻자 집 안에서 걷는 연습을 하다 까졌다고 했다. 신발 바닥에 난 구멍과 발바닥 상처를 연관시키기까지 꼭 한 달이 걸렸다. 아니라고, 괜찮다고 하는 말은 다신 믿지 말아야지 싶었다.

"언니, 이거 굽 몇 센티예요?"

"7센티요. 손님이 신으시게요?"

"아뇨. 친구 선물이요."

그래도 역시 수인이는 착하다. 한 달 내내 내가 걱정할까 얼마나 마음 졸였을까. 예쁜 걸로 사다 줘야지.

"이거 240 좀 줘보세요."

나와 같은 발 사이즈. 예전엔 서로 발바닥을 맞대고 잘 놀았다. 나는 잘 모르겠는데, 수인이는 늘 웃으며 말했다. 기혜랑 나는 발 모양도 크기도 정말 똑같네, 하면서.

점원이 구두를 가져다주었다. 운동화를 벗었다. 점원이 양말을 빤히 쳐다보았다. 새하얀 테니스 양말. 요새 수인이는 이런 거밖에 안 신는다. 발을 넣었다. 오른발, 왼발. 차례로 7센티 더 높아졌다. 붕 뜨는 기분. 예전부터 이 느낌이 싫어 힐을 못 신었다.

"어떠세요?"

"뒤가 더 널널했으면 좋겠는데."

"양말 벗고 다시 신어보세요. 스타킹 빌려드릴까요?"

"아뇨."

발뒤꿈치가 땡겼다. 벌써 세 시간째였다. 발이 부을 만도 했다.

"올 봄에는 개나리 칼라가 유행인데, 이왕 선물하실 거 노랑으로는 어떠세요?"

"그냥 흰색 주세요."

뽀얀 우유처럼 빛나던 구두.

식사 시간은 거의 재난이다. 수인이는 몇 번이고 엉뚱한 곳을 집어댔다. 젓가락이 이상한 각도로 맞물려 허우적거렸다. 각도기 혹은 컴퍼스 아니면 모양자. 아무튼 수학 시간이 생각나는 그런 각도들.

밥알이 허공을 날아다니고 물은 상 밑으로 흘러내린다. 아무 말도 하지 않았다. 수인이의 젓가락이 다시 기묘한 몸짓으로 상 가운데를 향해 다가왔다. 젓가락 끝은 그릇의 모서리를 당기고 있었다. 손가락이 찌릿했다. 왼손이 오른손을 잡고 오른손이 왼손을 잡고 또 왼손이 오른손을 잡았다. 자꾸만 손이 앞으로 튀어나갈 것만 같았다. 그리고 수인이의 젓가락이 닿았어야 할 두부로 끌어당겨 주고 싶었다.

무작정 하나하나 도와주는 건 안 됩니다. 의사 선생님의 목소리가 머릿속을 타고 신경을 타고 손가락 끝까지 전해졌다. 또다시 왼손이 오른손을, 오른손이 왼손을 가로막고 또 가로막고. 도와주어서는 안 된다. 모든 건 수인이가 혼자 해내야 한다. 그렇지 않으면 수인이는 포기하고 만다. 다시 어둠의 세계로 가버리고 만다.

설 연휴에 집에 다녀왔었다. 가기 싫었다. 몇 번이고 열차 예약

취소 버튼을 누르려다 말고 누르려다 말고. 수인이를 혼자 두고 갈 수는 없었다.

"다녀와. 난 괜찮아."

"같이 가자니까."

"학기 초에 엄마가 올라오신댔으니까. 정말 괜찮아."

"혼자 어디 나가고 그러지 마."

"알았으니까 다녀오라니까."

짐도 싸고 풀고를 반복했더니 결국엔 가방 하나가 전부였다. 오히려 내려가기 전에 내놓아야 할 쓰레기 양이 더 많았다. 전부 수인이의 구두였다.

와인색, 빨간색, 핑크색, 피치색, 레몬색, 연두색, 하늘색, 파란색, 갈색, 보라색, 주황색. 희뿌연 봉투 안의 구두들이 초코볼처럼 반짝였다. 바로 전 주에는 매니큐어와 화장품을 버렸었다. 수인이 화장대를 가득 채우던 색깔들이 다 사라졌다. 옷은 연말에 이미 다 정리했다. 이제 남은 건 오로지 무채색뿐이었다. 그것도 정말 분명한 검정과 하양만.

안돼. 양손이 서로의 손목을 붙들었다. 수인이는 여전히 그릇을 들어보려 애를 쓰고 있었다. 그러다 결국 포기하고는 물을 마셨다. 식사가 끝났다는 신호. 세 숟갈이나 먹었을까. 입에 들어간 것보다 주변으로 튄 게 더 많아 보이는 밥알을 세어보다 관뒀다.

약 넣어야지. 자기 방으로 기어가기 시작하던 수인이가 멈췄다.

싫다는 표정이 그대로 보였지만 무시했다.
 약 종류만 네다섯 가지다. 내가 약을 넣었다 신호를 주면 박자를 맞춰 깜빡이는 수인이의 눈. 벌써 세 달째. 빨갛게 핏줄이 서 있다.

 어릴 때. 동네 어른들은 수인이를 유치찬란이라 불렀다. 온갖 색깔이란 색깔은 다 걸친다며 어디서 보든 눈에 띈다고. 확실히 수인이의 옷차림은 늘 말 그대로 유치찬란했다. 노란 원피스에 빨간 양말, 그리고 보라 구두.
 그런 취향은 중고등학교 때도 계속되었다. 수인이가 다니던 학교는 교복이 죄다 노란색이었다. 유치원생처럼. 교통사고가 나면 안 된다고 그런 거랬다. 나는 까만색인데, 라고 했더니 수인이는 내 새 교복을 만지작거렸다. 만지면 안다고 했다. 무슨 색인지 다 느껴진다고 했다. 빨강은 끈적이고, 파랑은 미끌거리고, 노랑은 바삭바삭하다고.
 중학교 입학 전. 수인이 방은 온갖 색색의 학용품들로 가득했다. 내 책상을 떠올렸다. 아빠가 사온 밋밋한 노트들을 떠올렸다.
 "장님 주제에."
 불쑥 그런 말을 해버렸다. 여전히 내 교복 소매를 만지작거리던 수인이의 손길이 멈칫했다. 하지만 놀라지는 않았다. 동네 어른들의 유치찬란이란 말 뒤에는 늘 장님이니 봉사니 하는 수식어가 붙었다. 한두 번 들은 말이 아닐 터였다. 그런데도 나는, 내뱉은 내가 더 조마조마해서 수인이 표정을 살피느라 바빴다.

몇 분이나 쳐다보고 있었을까. 수인이의 손가락이 다시 움직였다. 소매 끝에 달린 금색 단추를 꼼지락거렸다. 검정색 속에 유일하게 수인이가 관심을 가질 만한 거였다. 다른 쪽 손이 내 얼굴을 조심스레 더듬었다. 입, 코, 눈. 아래부터 천천히 옮겨 다니던 손가락이 눈가에서 멈추었다.

"나 화 안 났으니까 이제 그만 쳐다봐."

수인이는 잘 웃었다. 그래서 더 바보 취급을 받았다. 나도 그냥 그랬으면 되는데. 꾹 감긴 눈꺼풀 너머로 수인이가 날 보며 웃는 게 느껴졌다. 손을 뻗어 수인이의 눈을 만져보았다. 태어난 이후로 대부분의 시간을 닫힌 채 사는 두 눈을 천천히.

사과는 하지 못했다. 하지만 하지 않아도 되었다.

중간 문은 늘 닫혀 있다. 수인이가 수술을 받은 이후부터 쭉. 안쪽 방에 있던 텔레비전은 이제 부엌에 있다. 소리를 낮추고 조심스레 채널을 돌려보았다. 싱크대 아래 쪼그리고 앉아 보는 텔레비전은 하나도 재미가 없었다.

수술이 잘못된 건 아니었다. 검사 결과도 좋았다. 그리고 수인이도 처음에는 기뻐했다. 붕대를 풀고 나면 당장 크리스마스 일루미네이션을 보러가자고 했었다. 그리고 돌아오는 길에는 파란 목도리를 사서 오자고. 크리스마스 선물은 화장품으로 해주면 좋겠는데 자기가 직접 발라보고 결정하고 싶다고. 수술 전까지만 해도 들떠서 붕붕 떠다니던 목소리였다. 내 얼굴도 계속 만져댔다. 이제 곧 기혜 얼굴도 볼 수 있네, 기혜가 말한 오른쪽 볼에 큰 점도 볼 수 있는 거네, 라고 떨리던 목소리도 기억난다.
　나도 계획이 많았다. 일단은 방학이니까 여기저기 여행을 다니고 싶었다. 내가 보고 느낀 것을 똑같이 느끼게 해주고 싶었다. 그것이 바다든 산이든 혹은 그냥 아무것도 아닌 표지판이든. 뭐든 좋으니 수인이에게 무조건 많이 보여주고 싶었다.
　"기혜야."
　안쪽 방에서 들려오는 목소리에 벌떡 일어났다. 텔레비전을 껐다. 문을 열자마자 악취가 코를 자극했다. 바닥에는 구토물이 가득했다. 수인이는 멈추지 않고 계속해서 토해내고 있었다. 등을 두드려주었다. 수인이는 내가 옆에 있다는 걸 확인하고 눈을 부릅떴다. 와르르르르. 또 한 바가지 쏟아졌다. 멈추지 않았다.
　벌써 세 달째. 하루하루가 늘 이렇다. 수인이가 울음을 참는 게 느껴져 등을 더 두드려주었다.
　"저것 좀 치워줘."
　바닥은 구토물로 발 디딜 곳이 별로 없었다. 수인이가 가리킨 방향을 향해 조심조심 걸어갔다. 사진이었다. 수술 전 여름에, 집에 내려갔을 때 사진이었다.
　하늘색 원피스, 그리고 목걸이.

　원래 여름에는 내려간 적이 없었다. 수인이와 함께 살게 된 이후, 말로 정해놓은 건 아니지만 늘 설과 추석에만 집에 갔다. 그러다 작년에는 추석 연휴가 주말과 겹쳐 차표 구하는 게 엄청 힘들 거라며 수인이가 성화이길래 미리 다녀온 거였다.

매미 소리가 시끄러웠다. 하지만 기차역에서부터 한 번도 멈추지 않고 얘기하는 수인이 목소리를 이길 수는 없었다. 수술 얘기는 이미 다 결정된 후였다. 자잘한 검사 몇 번과 수술 날짜 확정만 기다리고 있었다. 그때만큼 수인이가 반짝거렸던 적은 없었다. 버스에서 내려 골목길을 걸었다. 아스팔트와는 지독하게 안 어울리는 하늘색 원피스가 참 예뻤다. 집어 들자마자 자기 옷이란 걸 알았다고 했다. 나라면 입지 못할 옷을, 수인이는 늘 예쁘게 잘 입었다. 유치찬란하긴 해도 그게 수인이었다.

수인이네 집 앞에서 헤어졌다. 빌라 건물은 여전히 쓰러질 것 같아 보였다. 바로 건너편. 똑같이 생긴 건물에 우리 집이 있었다. 반년 만에 내려와도 할 일은 없었다. 이제는 동생 방이 된 내 방을 잠깐 들여다보다 아직도 남아 있는 내 짐을 조금씩 정리하는 것 말고는. 무료하던 여름날.

초저녁. 다 같이 밥 먹게 놀러오라던 수인이네 아줌마 전화가 없었더라면 그대로 증발해버렸을지도 모른다. 우리 가족 중에 내가 제일 먼저 달려가 수인이네 대문을 열었다. 아줌마는 날 보자마자 포옥 안아주었다.

"이제 우리 수인이가 눈도 뜨게 되고. 이게 다 기혜 덕이야."

대학 합격 후. 서울에서 같이 자취 생활을 하고 싶다고 했을 때도 아줌마는 이렇게 날 안아주었다. 안 그래도 저 눈도 못 뜨는 걸

어떻게 혼자 서울에 보내나 싶었다며 내 손을 놓지 못하던 아줌마의 뒤로, 수인이는 창피하다고 숨어 있었다.

두 가족이 모이면 늘 그렇듯 시끄럽다. 수박 후식까지 다 먹고 수인이와 함께 빌라 옥상으로 올라갔다. 어릴 때부터 우리가 자주 놀던 곳. 장님이라 놀리는 애들도 없고, 피해야 할 장애물도 없고, 수인이가 좋아하는 색색 빨래만 있는 곳.

별이 많았다. 수인이의 손을 잡고 별의 위치를 하나하나 집어주었다. 수인이는 내 손길을 따라 저 별은 초록색이고 저 별은 주황색일 거야, 라고 중얼거렸다. 사실 내 눈에는 그저 하얗게만 보였지만 응, 응, 하고 박자를 맞춰 대답했다. 한 열다섯 개쯤 대답했을까. 수인이가 갑자기 나를 돌아보았다.

"거짓말."

"왜?"

"목소리가 거짓말이야."

"맞는지 아닌지 수술받고 확인해봐."

치사하다며 입을 삐죽거리는 수인이 뒤로 하늘이 새까맸다. 주머니를 뒤적였다. 서울서 출발할 때부터 주고 싶었는데. 수인이의 손을 잡아당겼다. 살짝 열린 눈꺼풀로 놀란 걸 알았다. 멋쩍으니까, 포장 같은 건 하지 않았다. 그냥 주고 싶었다. 수인이의 하얀 손바닥 위로 은색 목걸이가 떨어졌다. 수인이의 다른 쪽 손이 조심스레 더듬거렸다.

"웬 목걸이야?"

"수술 결정된 거 축하한다고."

"새삼스레."

"대신 눈 떠도 나랑 놀아줘야 한다."

"너야말로 룸메이트 바꾸기 없기야."

 손가락이 조심스레 움직인다. 펜던트의 위치를 가운데로 맞추고 잠금 고리를 풀어낸 후 양손으로 양 끝을 나눠 잡는다. 긴 머리를 뒤로 살짝 제친다. 그리고 목 뒤로 손을 가져가 딸깍, 경쾌한 소리가 나고 손이 다시 내려온다.

 그 잠깐의 손놀림에서 눈을 뗄 수가 없었다. 펜던트를 만지작거리는 수인이의 오른손에 손을 얹어보았다.

 붕대를 풀고 첫 식사를 했을 때였다. 물까지 다 마신 수인이가 대뜸 색깔을 견딜 수가 없단다.

"무슨 소리야?"

"토할 것 같아."

"야, 정수인. 너 대체 무슨."

 말을 끝맺지 못했다. 수인이가 병실 바닥에 대고 구토를 해댔다. 중간중간 섞여 들리는 질문이 이상했다. 나 뭐 먹었어, 대체 뭘 먹었어? 수인이가 울고 있었다.

"그냥 여태 먹은 거랑 똑같아. 밥이랑 김치랑 나물이랑 생선이랑."

"근데 왜 이래? 왜 이렇……."

체한 건가 싶었다. 서둘러 지나가던 간호사를 멈춰 세웠다. 어떻게 된 건지 나는 알 수가 없었다. 내가 집어주는 대로 잘만 받아먹어 놓고선. 갑자기 이렇게 된 영문을 알 수가 없었다.

"제발 치워줘요. 제발 저것 좀 치워줘요."

자신의 구토물을 보고 또 견디지 못하는 수인이의 모습을 보며 나는 멍하니 서 있기만 했다.

그날 이후로 색깔이 있는 물건은 보이는 대로 치웠다. 버리지 못하겠는 것들은 소포로 우리 집에 내려보냈다. 그래도 모든 색깔 물건을 다 치울 수는 없었다. 그리고 그래야 하는 이유도 나는 알 수가 없었다. 강력한 시각 자극을 못 견디는 거라는 의사 선생님의 설명은 너무 간단했다. 그 간단한 해설 탓에 나는 아무것도 할 수가 없었다.

수인이가 간신히 진정되었다. 이번 구토의 원인인 사진은 텔레비전 아래 깔아두었다. 바닥 청소가 끝이 없었다. 일단 정리된 대로 이불을 깔아주고 물을 마시게 했다.

잔뜩 갈라진 목소리.

"미안해."

"됐어."

"진짜 미안해."

"사진 못 치운 건 나니까. 됐어."

"그거. 나야?"

"응."

"나랑 너야?"

"응."

물컵을 바닥에 내려놓는 수인이의 손. 역시나 제대로 놓지 못하고 또 물을 엎지르고 만다.

"그거 언제야?"

"작년 여름. 집에 내려갔을 때."

"다시 올라올 때 찍은 그 사진?"

"그래."

"니가 예쁘대서, 그 원피스 다시 입은 날?"

"그래."

"6월에 사온 그 원피스?"

"그래."

컵이 안 깨진 게 어딘가. 유리컵을 서둘러 치우며 수인이를 눕혔다. 수인이 표정이 이상했다. 얼이 빠진 것 같았다. 아무래도 진이 다 빠졌나 보다 싶어 머리를 넘겨주었다.

"그 원피스가 그런 색일 줄 몰랐어."

"어때 보였는데?"

"몰라. 울렁거렸어. 견딜 수가 없었어. 엄청 좋아했던 옷인데. 보고 있기도 싫었어."

"그래."

"옷이 막 튀어나올 것 같았어. 그리고 사진 속에 너랑 내가 그거 같아 보였어."

"괴물 소리 그만하랬지."

그만 자라. 수인이는 내 얼굴 쪽을 잠시 쳐다보더니 눈을 감았다. 속눈썹이 빠르게 떨리고 있었다.

"기혜야."

"응."

"딱 한 번만."

"안 돼."

"진짜 마지막으로 딱 한 번만."

"……."

수인이의 손가락이 천천히 내 얼굴을 향해 다가왔다. 입, 코, 눈. 느리게 아주 느리게. 손끝이 속눈썹만큼이나 파르르 떨리고 있었다.

"괴물이 아니란 것만 확인하고 싶었어."

한참 후에 눈꺼풀을 들어 올린 수인이의 두 눈은 초점을 잃은 채 허공을 향해 있었다.

눈만 뜨면 되는 줄 알았다. 세 살 지나서부터 장님이었댔다. 어떻게든 내가 보는 걸 똑같이 보게 해주고 싶었다. 그래서 서울에 함께 올라왔을 때부터 병원에 데리고 다녔다. 방법을 찾아내는 데까지 그리 오래 걸리지 않았다.

백내장이랬다. 어릴 때부터 알았으면 됐을 것을. 여태 이러고 살았냐고 의사는 반쯤 호통조로 말했다. 이제는 눈꺼풀을 들어 올릴 힘을 거의 잃은 수인이의 눈 근육이 움찔했었다. 수술은 간단하댔다. 너무 간단해서 걱정할 것도 없댔다.

"나 다녀올게."

수인이는 어제 일 때문인지 축 처져 있었다. 간다는 말에도 조용히 손을 흔들어 보였을 뿐이었다. 아무래도 오늘은 무슨 수를 써서라도 밥 한 공기 다 먹여야겠다. 골골거리는 거 보기 싫었다. 흰 구두에는 여전히 핏자국이 배어 있었다. 고작 하루 신은 것뿐인데 이미 너덜너덜했다. 거기다가 핏자국까지 더해지니 더 괴기스러웠다. 어떻게든 핏자국을 지워야지 싶었다. 저 붉은 자국을 보는 순간 수인이는 이 구두까지도 버리라고 할 테니까.

수인이가 견디지 못하는 것은 색깔만이 아니었다. 보이는 모든 것을 감당하지 못했다. 자꾸 모든 게 움직인다고 했다. 바닥이 갑자기 튀어 오르거나 갈라진다고도 했다. 목소리가 들려 그쪽을 바라보면 이상한 괴물이 자기에게 말을 걸고 있다고 했다.

퇴원 후부터 수인이는 집 안에만 틀어박히려 했다. 예전처럼 돌아다닐 수가 없다고 했다. 그래도 억지로 끌고 다녔다. 시간 나는 대로 산책을 시켰다. 거리를 제대로 가늠하지 못해 거의 걷지 못했지만. 갑자기 바닥이 솟구친다며 넘어지기 일쑤였지만. 그래도 어떻게든 데리고 다녔다. 분명 예전처럼 돌아올 거라고, 그렇게 만들 거라고 몇 번이고 다짐했다.

수인이는 자꾸만 눈을 감으려 들었다. 퇴원하고 며칠 동안은 불편해서 그런가 보다 싶었는데 일주일이 넘게 그러니 신경이 쓰였다. 이제 눈꺼풀 올리는 것도 다 괜찮댔는데, 분명히. 밥을 먹다 말고 수인이의 눈가로 손을 가져갔다. 슬쩍 들어 올리자 수인이가 놀라 눈을 크게 떴다. 흐리멍덩한 두 눈동자가 내 쪽을 바라보려 애를 쓰고 있었다.

"너 자꾸 눈 감고 있을 거야?"

"이게 편해."

"연습하면 된다잖아. 금방 다 익숙해질 거라고."

"나 밥 먹게 눈 좀 감게 해줘."

"또 토하게?"

"제발, 기혜야."

"날 봐."

수인이가 고개를 푹 숙였다. 억지로 얼굴을 들게 하고 눈을 다시 뜨게 했다.

"날 보라고. 정수인."

"이러지 마."

"너 이제 장님 아냐. 내가 렌즈 빼면 니 시력이 나보다 높아. 근데 왜 못 봐?"

"기혜야."

"보란 말이야. 니가 맨날 먹던 밥이야. 너랑 내가 맨날 차려 먹던 그 밥상이라고."

"이러지 마라, 제발."

"내가 왜 괴물로 보이는데? 니가 만지던 대로 눈, 코, 입 다 붙어 있는데 내가 왜 괴물이냐고."

"기혜야."

"날 보란 말야."

숟가락이 날아갔다. 수인이의 고개가 숟가락이 떨어진 곳을 향했다. 한참 후에 수인이는 입을 틀어막은 채 화장실로 달려갔다.

달려가는 모습을 보고 또 눈을 감고 가냐고 소리를 질렀다.

수인이는 퇴원 후 3주 동안은 눈을 제대로 뜨려 들지도 않았다. 몇 번이나 화를 냈지만 소용이 없었다. 울고 싶었다. 수술도 다 받았는데. 이제 제대로만 보면 되는데. 왜 그것 하나 못 해주는지 따지고 싶었다. 나는 널 위해서 아끼던 물건이라도 다 버리고 치우고 해주는데. 나는 널 위해서 매일매일 산책도 나가주는데. 나는 널 위해서 예전에 같이 하던 집안일도 다 해주는데. 니가 편했으면 좋겠어서. 그러면 빨리 앞을 볼까 싶어서.

내 소원은 딱 하나뿐인데.

"기혜야."

수인이가 나를 불렀다. 여전히 눈은 뜨려 하지도 않은 채. 나는 움직이지 않았다. 수인이는 눈을 감은 채로 내 쪽을 바라보고 있었다.

"기혜야."

"왜."

"잠깐만 일로 와 봐."

"싫어."

"기혜야."

"니가 와."

"또 화났어?"

"니가 눈 뜨고 왔음 좋겠어."

"기혜야."

"날 보면서 걸어왔음 좋겠어."

수인이가 걸어왔다. 하지만 눈은 계속 꾹 감긴 채였다. 수인이가 내 앞에 앉았다. 손이 얼굴로 다가왔다. 또 손으로 얼굴 확인하게? 수인이의 손끝이 입술에 거의 닿을 뻔한 순간 밀쳐냈다.

"기혜야."

"다시는 나한테 손대지 마."

"제발."

"눈 감은 채로는 싫어."

"나는 괜찮아. 이게 좋아."

"나는 싫어."

"제발."

"마지막이야. 이제 진짜 끝이야. 눈 떠. 그리고 날 봐."

"……."

"눈 안 뜰 거면 나도 보지 마."

"기혜야."

"이제 눈 안 뜬 넌 싫어."

수인이가 울었다. 진짜 울고 싶은 건 난데. 치사하게 먼저 울었다. 수인이는 한참을 그렇게 울다가 내 옷을 더듬었다.

"너 때문에 난 색깔 옷도 못 입어."

"미안해."

"다 치웠어. 앞으로도 치워줄게. 넘어질 때 잡아줄게. 니가 혼자서 다 할 수 있게 될 때까지 내가 도와줄게. 그러니까."

"기혜야."

"제발."

"……."

"수인아. 이제 내가 빌게. 제발. 눈 좀 뜨자. 나랑 같은 거 보고 같이 얘기하자."

"……."

"날 위해서 진짜 제발."

수인이는 내 손을 잡아끌었다. 그리고 자신의 눈가로 가져갔다. 나는 조심스레 힘을 주어 눈꺼풀을 들어 올렸다.

아르바이트에서 돌아오자마자 구두를 닦기 시작했다. 수인이는 여전히 골골거리느라 현관은 신경도 쓰지 않았다. 빗살이 빠질 대로 빠진 빗도 버렸다. 오는 길에 사온 새 빗을 현관 거울 앞에 두었다. 어차피 곧 또 버리게 될 테지만. 그래도 해주고 싶었다. 내가 해줄 수 있는 건 뭐든.

구두약으로 천천히 닦았더니 다행히 핏자국은 다 지워졌다. 이럴 걸 어제부터 그냥 휴지로 벅벅 문대고 있었으니. 자연스레 한숨이 터져 나왔다.

"기혜야."

갑자기 수인이가 날 불렀다. 안쪽 방을 들여다보았다. 또 아픈가 싶어서. 그런데 수인이는 멀쩡하게 앉아서는 날 쳐다보고 있었다. 여전히 핏발 선 눈이었지만 초점은 평소보다 또렷했다.

"그 옷은 아직 안 버렸지."

"무슨 옷?"

"어제 사진에 있던 거."

"하늘색 원피스?"

"그래 여름 원피스."

"어, 안 버렸어."

"꺼내줘."

"왜?"

수인이는 더 이상 말을 잇지 않았다. 그저 아까부터 계속되는 또렷한 눈빛으로 날 바라볼 뿐이었다. 혹시 내가 잘 보이는 건가 싶어 이리저리 움직였더니, 눈동자도 나를 따라 함께 움직였다. 갑자기 심장이 뛰었다. 수인이가 앞을 본다! 진짜로 앞을 본다!

상을 가져왔다. 디디고 올라섰다. 밥상이지만 그게 문제가 아니었다. 수인이가 앞을 본다는데 밥상이고 자시고 따질 시간이 없었다. 발에 힘을 주었다. 7센티 힐을 신었을 때처럼 쑥 올라가는 내

키. 신발장 위에 두었던 쇼핑백을 꺼냈다. 다행히 먼지는 별로 타지 않았다. 쇼핑백을 끌어안고 상에서 내려올 때까지도 수인이는 계속 나를 따라 눈을 움직이고 있었다.

쇼핑백 안에는 차마 버릴 수 없었던 색깔 물건들이 잔뜩 들어 있었다. 초등학교 때 내게 선물이라며 색색별로 접어 유리병에 넣어준 종이학들, 학교 끝나면 늘 함께 가지고 놀던 공깃돌, 내 입에서 장님 소리가 나오게 만들었던 중학교 때 노트, 우리가 함께 키웠던 노란 고양이 사진, 힐 신다 발 아프면 가끔 신겠다며 사이즈도 디자인도 색깔도 나와 똑같이 고른 민트색 운동화, 내 생일 선물로 골라주었던 분홍색 모자, 그리고 그 여름밤 참 예뻤던 하늘색 원피스.

수인이는 멀쩡해보였다. 눈앞에 펼쳐진 모든 색깔들에도 괜찮아 보였다. 그러더니 조심스레 하늘색 원피스를 집어 들고는 지금 입어보겠다고 했다.

"야, 아직 봄도 안 왔어."

"집 안인데 뭐 어때."

자리에서 일어나는 몸짓, 옷을 벗고 입는 손길. 모든 게 예전과 똑같았다. 내 눈을 믿을 수가 없어 몇 번이고 다시 쳐다보았다. 옷을 앞뒤 거꾸로 입고 지퍼를 잠근 후에 뒤로 돌리는 것도 똑같았다. 수술 후에는 눈 뜨고는 옷을 못 입겠다며 다 내게 의지하던 수인이었다. 아까부터 뛰던 심장이 멈추질 않았다.

수인이가 앞을 본다.

계속 눈을 뜨고, 또 나를 바라보았다. 이제 몸이 이상해지지도 않는지 가끔은 기분 좋게 웃어 보이기까지 했다. 식욕도 도나 보다. 눈 뜨게 된 걸 축하하자며 케이크도 사오랬다.

"뭘로 사다 줘?"

"생크림."

"알았어."

"위에 과일 막 올려져 있는 거 있잖아."

"응, 알아."

"그런 게 먹고 싶어."

이제는 다시 같이 집에 내려갈 수도 있다. 어쩌면 다음 학기에 휴학하려던 것도 관두고 다시 학교에 나가겠다고 해줄지도 모른다. 진짜 여행을 갈 수도 있고. 다시 예쁜 옷들, 구두들, 화장품들도 살 수 있다. 많이 많이 사줘야지. 어디든지 데려가줘야지.

생크림 케이크 중에서도 제일 맛있게 생긴 걸로 골랐다. 달리다가 케이크가 뭉개지지 않을까 걱정이 되어 조심조심 걸음을 재촉했다. 지난 3개월의 악몽이 이제는 끝난다. 생각만 해도 몸이 두둥실 떠오를 것 같았다.

대문을 열었다. 현관 바닥에 피가 튀어 있었다. 흰 구두는 아예 빨갰다. 그리고 하늘색 원피스도 온통 빨갰다.

"야, 정수인."

수인이가 현관 거울 앞에 서 있었다. 손에는 오늘 새로 사다놓은 빗이 들려 있었다. 빗꼬리에서, 얼굴에서 피가 계속 흘러내렸다. 쳐다볼 수가 없었다. 그런데도 쳐다볼 수밖에 없었다. 수인이의 눈꺼풀은 다시 닫혀 있었다. 닫힌 그 사이로 피가 계속 흘러나왔다. 믿을 수가 없었다. 도대체 왜.

수인이는 빗을 바닥으로 던졌다. 그리고 다른 쪽 손에 쥐고 있던 물건을 들어 올렸다. 한눈에 알아볼 수 있었다. 그 여름밤, 내가 선물한 목걸이. 세상에서 수인이가 제일 예뻐 보이던 그날. 반짝반짝 빛나던 목걸이와 수인이.

손가락이 조심스레 움직인다. 펜던트의 위치를 가운데로 맞추고 잠금 고리를 풀어낸 후 양손으로 양 끝을 나눠 잡는다. 긴 머리를 뒤로 살짝 제친다. 그리고 목 뒤로 손을 가져가 딸깍, 경쾌한 소리가 나고 손이 다시 내려온다.

그 잠깐의 손놀림에서 눈을 뗄 수가 없었다. 철퍼덕 하고 손에 들려 있던 케이크가 바닥으로 떨어졌다. 바닥은 케이크와 피로 엉망이었다. 수인이가 손을 내밀었다. 잡지 못했다. 그러자 수인이가 내 손을 찾아내었다. 손가락 사이사이로 뜨거운 피가 닿았다.

수인이가 입을 열었다. 예전과 같은 들뜬 목소리.

"기혜야."

"……."

"나 있지. 수술하고부터 이 목걸이를 못 했었어."

"……."

"분명 앞에 있는 것 같은데 잡히지도 않고, 잡아도 어떻게 해야 하는지 도저히 모르겠어서."

"……수인아."

"니가 나 선물 준 건데. 꼭 하고 싶은데. 눈 때문에 할 수가 없었어."

"……."

"나 이제 혼자서 다 할 수 있어."

수인이의 손이 조심스레 내 얼굴을 쓰다듬었다. 입, 코, 눈. 한참을 눈에서 망설이던 수인이의 손끝이 다시 멀어졌다. 수인이가 허리를 숙였다. 피투성이 바닥에서 아까 자신이 던진 빗을 찾아들었다. 수인이의 손이 다시 내 눈을 더듬었다. 다른 한 손에는 여전히 빗이 들려 있었다.

빗꼬리 끝이 나를 향했다.

세상에 되돌릴 수 있는 건 아무것도 없다

    새로 산 운동화를 꺼냈다. 바스락, 박스 냄새가 배어 있었다. 아무도 배웅 나오지 않는 현관에 서서 집 안을 둘러보았다. 폭격을 맞은 듯한 어수선함. 웃음부터 나왔다. 좋았어, 오늘은 청소를 하자. 문을 활짝 열고 먼지를 모두 내보내고 신선한 공기를 들여놓자. 발에 힘이 들어갔다. 대문을 쾅 닫아보았다. 아파트 전체가 흔들리는 시원한 소리. 엘리베이터가 도착했다.
    1층에 내리자마자 시선은 자연스레 현관 너머 풍경으로 옮겨졌다. 온통 반짝반짝거렸다. 아스팔트가, 주차된 차 유리들이, 나뭇잎들이, 건너편 가게 간판까지도 모두 반짝반짝. 뭔가 잘못된 게 아닐까 싶을 정도로.
    아침은 아침다워야 하는데.
    형이 들으면 그건 또 뭔 개똥철학이냐고 할 소리를 중얼거려 보았다. 내 걸음을 따라 자동문이 활짝 열렸다. 유리 한 겹 사라졌을 뿐인데 반짝임은 더 강하게 느껴졌다. 눈이 부셨다. 도저히 아침이라 볼 수가 없었다. 요새 기상이변이라더니 확실히 그런 모양이었다. 어제까지만 해도 미친 듯 퍼붓던 비가 민망할 정도. 하늘은 파랗고 구름은 하얬다.

야 이 녀석아, 전력 낭비잖냐.

나갈 엄두를 못 내고 계속 서 있었더니 경비 아저씨의 호통이 이어졌다. 안 그래도 하늘만 바라보다 목덜미가 아파오던 참이었다. 등 뒤로 자동문 닫히는 소리가 들려왔다. 세상은 반짝반짝, 내 노란 운동화도 반짝반짝 빛났다. 오랜 비 탓에 개시를 못 하고 있던 걸 생각하면 기상이변도 딱히 나쁜 놈만은 아닌 것 같았다.

"학교나 가볼까."

형이 이 말을 들었으면 머리를 쥐어박았겠지.

단지에서 나와 오른쪽으로 꺾으면 바로 나오는 조그마한 슈퍼. 버릇처럼 들러버렸다. 형과 늘 들르던 곳. 퀴퀴한 냄새가 나는 곳. 드르륵, 문을 열고 들어서자마자 천장에 매달린 오징어가 인사했다. 겨울 내내 형이 사가던 세모 못난이. 나도 모르게 고개를 가로저었다. 아줌마가 이상하게 쳐다보았다. 시선을 사탕통으로 돌렸다. 커다란 깡통. 어느샌가 뒤적거리는 내 손.

형은 학교 오가는 잠깐 동안도 꼭 사탕을 빨아야 되냐고 참 많이도 투덜거렸다. 오죽하면 내 용돈을 다 뺏었을까. 용돈 내놓으라고 바닥에서 데굴데굴 굴렀던 때가 떠올라서 또 피식하고 웃음이 터져 나왔다. 여러모로 웃긴 날이다. 레몬 맛을 먹어야 할 것 같은 기분. 깡통에서 집어든 사탕과 내 운동화 색이 똑같았다. 그것만으로도 또 웃음이 멈추지 않았다.

"2백 원."

아줌마의 표정은 아까보다 더 웃겼다. 이젠 안쪽에 앉아 있던 아저씨까지 날 위아래로 쳐다봤다. 아, 이제 그만 웃어야겠다. 너무 혼자 실실거렸더니 머리가 이상해지는 것 같았다.

후다닥 가게에서 나와 강변으로 통하는 계단에 올라섰다. 아무래도 오늘은 학교 가기엔 그른 모양이었다. 도저히 갈 마음이 안 들었다. 지난번에 얼굴도장 찍은 뒤로 그리 오래되진 않았는데. 왠지 몇 년은 지난 것 같았다. 사탕 껍질을 벗겨 주머니에 쑤셔 넣었다. 혀에 닿아오는 시큼한 맛에 웃음도 조금은 가라앉았다. 터벅터벅, 느려진 운동화 위로 그림자가 드리웠다.

잔디 위에 몸을 누였다. 풀물이 들든지 말든지. 강물이 흘러간다. 구름도 흘러간다. 하늘은 빛난다. 모든 게 저렇게나 선명한데 나만 희뿌옇다.

형이 있다면. 형만 살아 있다면.

하루는 언제 끝나는 걸까.

형을 죽인 게 내가 아니란 걸 믿어준 사람은 엄마와 아빠뿐이었다. 장례 준비로 정신없는 와중에도 엄마는 내 손을 꼭 잡고 울먹였다.

"이상한 소릴 들어도 다 무시해. 누가 뭘 묻든 아무 말도 하지 마."

"알았어."

"해우야, 엄마는. 그냥 너만 잘 지내면 돼."

엄마가 걱정하는 게 뭔지는 뻔했다. 가볍게 고개를 끄덕하고 눈을 돌렸다. 식탁 위에는 아빠가 골라둔 형의 영정 사진이 놓여 있었다. 나중에 수능 원서에 붙인다고 찍었던 증명사진. 나랑 같이 찍으러 갔었는데.

"참 못생겼다."

불쑥 튀어나온 말에 엄마가 웃을 듯 입을 찡그렸다. 지문 같은 거 묻어도 괜찮겠지. 사진에 손을 올려보았다. 눈물이 툭 떨어졌다. 나랑 참 안 닮았다. 울지 않으려 했는데. 울면 또 오해받으니까. 쿨 한 척 보내주려 했는데.

볼 위로 물기가 느껴졌다. 나도 참 감상적이다. 형 죽던 날을 떠올리다 또 울어버린 모양이었다. 눈가를 비비던 소매 끝에서 교복 단추가 굴러 떨어졌다. 귀찮게. 몸을 일으켜 단추를 찾기 시작했다.

기상이변 맞네.

하늘이 온통 새까맸다. 단추를 찾아내자마자 후드득 후드득 쏟아지는 빗줄기. 저 멀리 던져둔 책가방을 찾아 달리기 시작했다. 어디로 피해야 할까. 비 때문에 앞이 보이지 않았다. 아직 여름도 아닌데 소나기다. 무작정 달리고 또 달렸다. 노란 운동화에 흙탕물이 스며들었다. 희미한 시야로 놀이터가 들어왔다. 예전에 형이 굴러 떨어졌던 미끄럼틀이 보였다. 저 아래라면 비는 피할 수 있겠지. 계속 달렸다.

세이프. 숨이 차올랐다. 퉁퉁퉁, 빗물이 미끄럼틀을 내려치는 소리가 시끄러웠다. 그래도 지금보다 더 젖는 건 모면했으니 다행인가.

"뭐야."

"엉?"

나야말로 묻고 싶은데. 미끄럼틀로 올라가는 나무 계단에 웬 남자애가 앉아 있었다. 귓속까지 다 젖었을 나와는 달리 하나도 안 젖은 모습. 한 발 늦었다.

그런데 나보다 먼저 자리를 차지한 그 모습이 왠지 익숙했다. 처음 보는 얼굴인데 왜 이렇게 익숙한 거지. 할 말을 잃고 가만히 쳐다보기만 했다.

"너도 땡땡이냐?"

아, 바보. 교복이 같았다. 학교를 얼마나 안 나갔으면 교복이 같단 것도 바로 눈치 못 챘을까. 레몬 사탕과 함께 사그라든 웃음보가 다시 터지려 했다. 자연스레 시선이 왼쪽 가슴으로 향했다. 나와 다른, 그러나 형과 같은 교표 색깔. 3학년이다. 학생이란 진짜 뻔한 동물인가 보다. 그도 내 교표를 확인하더니 2학년이냐? 라고 했다.

딱히 할 말이 없었다. 그냥 고개를 꾸벅하고 미끄럼틀 아래 흙바닥에 앉았다. 뒤통수로 전해오는 빗줄기의 힘이 장난이 아니었다. 그가 나를 빤히 쳐다보았다.

"김. 해. 우."

"……."

"소문하곤 다르게 이름표는 제대로 하고 다니네."

"……."

"김명우는 잘 보내줬냐?"

"우리 형 알아요?"

"니네 유명하잖아."

"……."

"호모 형제로."

소리 내어 말할 것까진 없었는데. 주먹에 힘이 들어갔다.

어디서부터 잘못된 걸까. 학교 근처만 가도 들려오는 소리들. 이번엔 또 무슨 소문이 붙어 있을지. 갈 때마다 늘어나는 소문 덩어리가 지겹긴커녕 웃기기만 했다. 애들의 상상력은 왜 그렇게 뻔할까. 늘 돌고 돈다. 웬만하면 새로운 건더기를 던져주고 싶긴 한데. 내 상상력도 딱히 풍부한 쪽은 아니라.

담배, 술, 폭력. 그깟 시시한 소문은 이미 초등학교 고학년 때 다 뗐다. 맘에 안 드는 선생 얼굴에 담배빵을 만들었다느니. 신분증 위조한 게 들통 나서 술집을 엎었다느니. 그런 건 귀여운 축에라도 속하지.

형이라는 새로운 아이템이 추가된 건 작년 여름부터였다. 생각해 보면 별것도 아니었다. 형과 내가 실제 형제 관계가 아니다. 사촌 관계인데 집에 문제가 있어서 날 맡게 되었다. 아니다, 사실 나는 아예 생판 남인 입양아다. 그래서 어렸을 때부터 삐뚤어진 거다. 그걸 고치려 형이 나서다가 둘이 눈이 맞은 거다. 사실 알고 보니 입양도 형이 날 맘에 들어 해서 하게 된 거다. 둘이 밤늦게까지 동네를 쏘다니는 것도 부모님 몰래 연애질하려 그러는 거다. 공부도 안 하는 내가 야자 때마다 꼬박꼬박 남아 있는 것도 형을 기다리려 그러는 거다. 형이 여자 친구를 사귀게 되면 내가 학교를 뒤집어놓을 거기 때문에 지저분하게 하고 다니는 거다 등등.

쓰잘머리 없는 소리들이었지만, 그 속에는 완벽한 사실도 있었다. 그렇지만 형은 흔들리지 않았다. 그 태연한 모습이 오히려 소문을 부풀린단 것도 모르고.

"찔리는 게 많으니까 암말도 못 하는 거래."

"자기가 아니라고 나서면 해우가 상처받으니까 그러는 거지."

"상처는 무슨. 또 누구 팰까 봐 그러는 거야."

정말 패줄까 보다. 남자애들이고 여자애들이고 선생들이고 수군거리는 꼴이 보기가 싫었다. 하지만 그럴 때마다 형이 나를 막았다. 그리고 그 모습이 발견될 때마다 소문은 더 커져만 갔다.

"때리지도 못할 거 주먹은."

그의 피식거림에 힘이 다 빠졌다. 반쯤 일어난 몸도 흙바닥으로 다시 돌아갔다. 그는 태연히 앉아선 어디서 난 건지 오징어를 뜯어 먹고 있었다. 이름을 알고 싶었다. 이름표를 본 것만으로 단번에 내 속을 뒤집은 게 불쾌했다. 그도 계속 교표만 노려보는 내 시선을 이해한 건지 불쑥 입을 열었다.

"사하."

"성은요."

"사씨. 외자야."

"……."

"그 표정은 뭐냐?"

못 믿겠음 보라며 교복 앞주머니에 꼬깃꼬깃 넣어둔 이름표까지 보여주는데 그냥 놔뒀다. 이름을 알아내도 딱히 달라질 게 없었다. 나처럼 소문이 화려한 위인은 못 되는 모양이었다.

비는 대체 언제 멎으려는 건지. 몇 시간 전만 해도 새파랗던 하늘이 이제는 밤하늘 같았다. 사하는 오징어 다리 몇 쪽을 떼어주었다. 할 말은 더 없었지만 일단 받았으니 고맙다고 했다.

"소문은 역시 소문인가."

"뭐가요."

"교무실에 불까지 지르려 했단 놈이 아무것도 아닌 나한테 고맙다고 꾸벅거리는 거 보니까 웃겨서."

"교무실에 불은 왜 질러요."

"김해우니까."

"난 그런 짓 안 해요."

"너 가방에 맨날 팩소주 넣고 다닌다며."

"그럴 돈이 어딨어요."

"지난번에 삼거리 호프 턴 것도 너라며."

"그럼 돈이나 펑펑 쓰지."

"1학년 여자애 임신시킨 것도 너라던데."

"아 그럼 호프에서 턴 돈으로 걔 수술시켰나 보네."

"너 대체 뭐냐?"

"뭐가요."

사하가 말을 멈췄다. 그러더니 가방에서 오징어를 한 마리 더 꺼냈다. 가방에 먹을 거 넣고 다니는 사람은 자기면서. 사하는 새로 꺼낸 오징어를 반으로 찢어 내게 건네주었다.

"너 김명우 동생 김해우 맞냐?"

"맞거든요."

"근데 소문이 다 틀렸다고?"

"소문은 틀리라고 있는 거예요."

"그럼 너, 김명우가 여자애랑 바람난 거에 욱해서 죽인 것도 아니겠네?"

역시. 학교에 안 가길 잘 했지. 눈에 피가 몰리는 것 같았다. 주먹을 쥐지 않으려 애썼다. 대신 입 안에 들어온 오징어 다리만 잘근잘근 씹었다.

"너 김명우랑 좋아했지?"

"맘대로 생각하세요."

비가 멎을 기미가 안 보였다. 이미 젖은 거 그냥 집까지 뛰어가서 씻는 게 나을 것 같았다. 일어섰다. 바지에 묻은 흙을 털어보았다. 어차피 다 안 털리는 거 알고 있었지만, 손에 묻어오는 흙이 부드러웠다. 사하는 내가 일어서는 걸 보고도 놀라지 않았다.

"이제 와서 학교에 가진 않겠지."

"모르는 일이죠."

"심심하면 내일도 와."

"내일도 있을 거예요?"

"난 1교시만 끝나면 여깄어."

"이런 사람도 있는데 왜 나만 소문이 그딴 식인지."

"난 살인은 안 했으니까."

뭐라고? 나도 모르게 피가 거꾸로 돌았다. 순식간에 몸이 사하를 향해 달려갔다. 내가 죽이지 않았단 생각만이 너무 앞섰다. 그냥 무시하라던 엄마의 목소리가 떠올랐다. 더 이상 험한 소문 안 나게 해달라던 친척들의 눈빛이 떠올랐다. 이제는 그만 좀 오라는 파출소 아저씨 얼굴까지 생각났다. 나서지 말아야 하는데. 형이 있었다면 막아줬을 텐데.

사하가 내 손을 떨쳐냈다. 그리고 오래도 앉아 있던 나무 계단에서 몸을 일으켰다. 모든 게 너무 태연했다. 마치 형 같았다. 모든 수군거림을 뒤로하고 멀쩡히 내게 웃어주던 형 같았다. 사하는 가방을 들쳐 메고 나를 바라보았다. 전혀, 바로 전까지 멱살 잡혀 있던 사람 같지 않았다.

"죽인다고 나빠질 건 없잖아."

알 수 없는 소리.

무감정. 아무것도 느껴지지 않았다. 사하가 빗속으로 사라졌다.

와, 우리 아들이 청소해둔 거야?

오늘도 둘이 같이 퇴근했나 보다. 엄마는 현관에 서서 집을 둘러보더니 활짝 웃었다. 필요 이상으로 들뜬 목소리. 슬프면 슬프다 하면 될 것을. 눈이 마주친 아빠도 그렇게 생각한 건지 날 보며 슬쩍 웃었다.

엄마는 화장을 지우러 방으로. 아빠는 식탁에 앉아 괜히 신문만 뒤적인다. 형이 죽은 지 아직 일주일. 운다고 누가 손가락질하는 것도 아닌데. 다들 아닌 척한다. 쿨 한 척, 멀쩡한 척, 괜찮은 척, 아무렇지 않은 척.

"해우 너 학교는 갔냐?"

"아니."

안 갔다고 혼낼 아빠가 아니니까. 엄마도 그렇고. 여태 학교 가라 혼을 낸 건 형뿐이었다. 숟갈 젓갈을 꺼냈다. 이제 세 짝만 꺼내면 되나. 손이 떨려왔다. 아빠가 형 얘기를 꺼냈다.

"학교에서 명우 책이나 짐 같은 거 빼와야 하는데."

"언제 한 번 가지 뭐."

"가기 귀찮으면 엄마나 내가 휴가 내고."

"됐어. 그런 걸로 휴가 낭비하지 마."

"괜찮겠어?"

어느새 화장을 다 지우고 나온 엄마가 나를 바라보고 있었다.

"뭐가."

"소문."

"지금보다 더 나빠질 리가 없잖아."

그러니까 내가 가져올게.

엄마 아빠를 뒤로하고 방으로 들어갔다. 왠지 모르게 사하가 내게 던진 뜻 모를 말이 떠올랐다. 죽인다고 나빠질 건 없잖아, 랬나. 죽이지 않았다. 내가 죽인 게 아니다. 내가 죽일 리가 없잖아. 숨이 막힌다. 형이 있다면. 이 답답함을 없애줄 텐데. 형. 김명우. 왜 죽었어. 누가 죽인 거야. 왜 나한테 말도 안 하고 죽었어.

의식한 건 아닌데, 눈이 떠지는 대로 일어나니 1교시가 끝났을 시간이었다. 아무렇게나 주워 입고 강변에 갔다. 미끄럼틀. 오늘은 비도 안 오는데 사하는 정말 그곳에 있었다.

"또 온 거 보니까 심심했나 보지?"

"여기서 뭐해요?"

"뭐 하는 거 같아?"

"시간 때우기."

"맞기도 하고 아니기도 하고."

"3학년, 몇 반이에요?"

"김명우네 반."

"……."

"숫자로 말해주는 것보다 그게 더 너한테 와 닿지?"

기상이변. 이 네 글자가 또 떠올랐다. 거짓말처럼 맑았다. 반짝반짝. 햇빛을 반사해대는 강물을 바라보았다. 형은 사하를 알까. 내가 사하랑 이렇게 만나고 있는 걸 알긴 할까. 형은 지금…….

"좋아한 건 맞나 봐?"

"닥쳐요."

"그렇게 좋아하면 살려주지 그랬어."

"뭐?"

손가락 끝마다 힘을 줬다. 때려서는 안 된다. 여기서 사하를 때리면 소문은 더 악화된다. 이런 내 각오를 아는지 모르는지. 사하는 여전히 오징어만 뜯었다. 그러며 내 입에도 기어이 물려주었다.

"니가 김명우 안 죽인 거 알아."

"어떻게요."

"나 김명우 죽는 거 봤어."

"뭐라고요?"

"김명우 여기서 죽었잖아."

"……."

몰랐다. 집에 연락이 왔을 땐 이미 병원으로 옮겨진 후였으니까. 어디였는지 무슨 일이 있었는지 대체 어쩌다 그렇게 된 건지 우린 아무것도 몰랐다. 알려 하지도 않았다. 그저 내가 의심받지 않게 하는 데에만 신경 쓰느라고, 형이 어떻게 죽었는지 알아낼 생각도 하지 않았다.
"그날도 난 여기 있었어."
"……어떤 새끼들이야."
"알고 싶어?"
그러면 내일도 여기로 와. 1교시 끝나고. 어차피 넌 학교에 안 가겠지만.
사하의 목소리는 또 건조하게 들려왔다.

알고 있었다. 형이 어떻게 죽었든 어디에서 죽었든 그건 전부 내 탓이란걸. 그놈의 소문이 그렇게 만들었을 거란 것도. 동생이 나라는 것 빼곤 눈에 띄지도 않았던 형이었다. 공부를 잘하지도 못하지도 않았고 잘생겨서 인기가 많았거나 그런 것도 아니었다. 정말 어디나 흔히 있는 못생긴 찌질이. 그 자체였다. 그런 형이 누군가에게 맞아 죽은 건 분명 내 탓일 게 뻔했다.
그런데도 아무도 내 탓을 하지 않는다. 욕은 해도 탓은 하지 않는다. 저놈이 언젠가는 그럴 줄 알았지 소리는 해도 명우가 참 안 됐어 소리는 아무도 하지 않는다.
"명우 방도 이제 슬슬 정리해야겠지."
형의 방을 들여다보며 웃는 엄마의 태연한 모습이 척인 줄 알면서도 화가 났다. 어째서 슬퍼하지 않는 걸까. 나를 붙잡고 따지지 않는 걸까. 너 때문에 내 아들을 잃었다고, 니가 행실을 엉망으로 하고 다니는 바람에 명우가 맞아 죽었다고. 니가 하도 파출소며 경찰서에 들락거린 탓에 신고도 못하고 억울하게 보내야 했다고. 왜 내게 화를 내지 못하는 걸까.

"엄마."

"응?"

"형 죽인 놈들 알아낼 것 같아."

"……."

"알아내면 내 맘대로 해도 되지?"

엄마는 잠시 멈칫하더니 또 내 손을 꼭 붙들고 해우야, 하며 불렀다. 형이 죽던 날 그랬던 것처럼.

"이제 됐어, 해우야."

"그냥 놔두라고?"

"그래."

"어떻게 놔둬? 형을 죽인 새끼들을 어떻게 그냥 놔둬?"

"명우는 괜찮아. 우리가 잘 보내줬잖아. 명우도 니가 감정에 휘둘려서 허튼짓하는 건 안 바랄 거야."

"엄마."

"명우가 니 걱정 많이 하던 거 알잖아. 해우야. 그냥 조용히, 지금은 조용히 지내자. 다 지나갈 거야."

자리에서 일어섰다. 벌써 조금 썰렁해진 형의 방이 눈에 들어왔다. 엄마가 붙들었다. 하지만 뿌리쳤다. 침대 위에 올려둔 영정 사진이 보였다. 얼른 집어 들고 대문을 나섰다. 나를 부르는 엄마의 목소리도 무시했다. 이상한 소리는 무시하라고 한 건 엄마니까.
 영정 사진 속, 형이 바보같이 날 쳐다보고 있었다. 너 왜 또 엄마한테 대드냐고 혼낼 것만 같았다. 눈물이 쏟아졌다. 안 울려 했는데. 세상에서 제일 멀쩡한 척하려 했는데. 형, 김명우, 너 진짜 못났다. 얼마나 못났으면 니네 엄마까지 널 안 지켜주냐. 진짜 못났다.
 보고 싶다.

 시간을 되돌릴 수만 있다면.
 형이 죽기 전으로 돌아갈 수만 있다면. 조금만 사고를 덜 치고 다녀서 소문도 다 막을 수 있었다면. 그러면 형이 죽진 않았을 텐데. 아니 죽더라도 억울함을 풀 수 있었을 텐데. 죽는 순간에 내가 도와줄 수도 있었을 텐데. 아무것도 모르고 운동화나 사러는 안 다녔을 텐데. 시간을 되돌릴 수만 있다면. 소문 같은 거 신경 안 쓰고 형하고 더 많이 놀러 다녔을 텐데. 형이 좋아한다던 여자애도 안 괴롭히고 편하게 연애해보게 해줄걸. 엄마 아빠가 어색하게 멀쩡한 척하겐 만들지 않을 텐데. 나를 원망하게 놔둘 텐데.
 이미 흙탕물이 잔뜩 든 노란 운동화가 하나도 멋있어 보였다.

 사하가 걸어오는 게 보였다. 멀쩡한 교복 차림. 맨날 저렇게 땡땡이를 치는 건가. 사하는 자연스레 나무 계단에 올라앉더니 또 오징어를 뜯기 시작했다.
 "이젠 사진까지 끌어안고 왔냐?"

"신경 꺼요."

그대로 집에 들어가면 엄마도 아빠도 아무 일 없었단 듯 다정하게 굴 게 뻔해서. 강변에서 밤을 샜다.

"그래서 우리 형 죽인 게 어떤 놈들이에요."

"알면, 복수라도 하게?"

"당연하죠."

"어떻게?"

"지금 당장 찾아가서 죽일 거예요."

사하는 그럴 줄 알았단 듯이 피식거렸다.

"죽일 거예요. 형이 당한 거랑 똑같이. 죽일 거예요."

"김명우는 여전히 죽은 그대로잖아."

"……"

"니가 누굴 죽인들 김명우는 죽은 채잖아."

"……그래서 뭐요."

"나라면 김명우를 살리겠어."

뭐라고? 내가 노려보든 말든 사하는 내 품에 있던 형의 영정 사진을 바라보며 슬며시 웃었다.

"나라면 김명우를 살리고 그 새끼들이 김명우를 죽이기 전에 먼저 그쪽을 죽이겠어."

"장난치냐?"

그런 게 가능하면 벌써 내가…….

눈물이 핑 돌았다. 사하의 얼굴이 흐릿하게 보였다. 차라리 보고 싶지 않아서 눈을 감았다. 뜨거운 눈물이 볼을 타고 흘렀다. 눈은 닫았는데 귀는 열려 있어서 듣기도 싫은 사하의 목소리가 다시 들려왔다.

"타임슬립."

"……."

"타임슬립 하면 돼."

"그게 뭔데."

"시간을 되돌리면 된다고."

밤새 생각했던 것들이 떠올랐다. 돌이키고 싶은 것들이 모두. 눈을 떴다. 사하는 여전히 오징어나 뜯고 있었다.

"그런 게 가능해요?"

"가능하지. 그러니까 내가 맨날 여기 있지."

"그게 무슨."

"이 미끄럼틀 아래서 백 일 동안 같은 시간에 오징어를 먹으면 돼."

헛소리는 치우란 말보다 몸이 먼저 움직였다. 전과 똑같다. 내가 멱살을 잡혔는데도 사하는 쫄지 않았다. 오히려 더 당당하게 보였다.

"그럼 내가 왜 맨날 여기 와서 이러고 있는 거 같아?"

"……."

"밑져야 본전이잖아. 어차피 학교도 잘 안 가는 놈이."

틀린 말은 아니지만. 사하의 멱살을 놓아주었다.

마트에서 오징어를 박스 채로 사왔다. 벌써부터 비릿한 냄새가 코를 찔렀다. 아무래도 방에 두곤 잠도 못 잘 것 같았다. 영정 사진도 갖다 놓을 겸 형 방으로 들어갔다. 사진은 원래대로 침대 위에 올려두었다. 엄마는 정말 이 방을 다 정리할 생각인 건지. 형의 물건들이 책상 옆으로 차곡차곡 쌓여 있었다.

하루쯤은, 누군가 한 번쯤은. 엉망진창으로 울어도 좋을 텐데.

형의 물건들 옆에 오징어 박스를 내려놓았다. 침대 위에 앉은 형이 나를 바라보고 있었다. 왜, 뭐. 김명우 뭔데. 말해봐. 형이 살아 있을 때 그랬던 것처럼 투덜거려 보았다. 냄새 짜증난다고? 참아. 좀만 참아. 이게 다 형을 위해서야.

사하도 처음부터 믿은 건 아니랬다.

"겨울에 보충 다닐 때였는데."

"……."

"어떤 사람이 맨날 여기서 오징어를 먹고 있는 거야. 처음엔 미친놈인가 싶었지. 근데 사정을 들어보니 그럴 만하더라고."

"무슨 사정인데요?"

"글쎄."

누군가 살리고 싶은 사람이 있던 게 아닐까, 너처럼.

사하는 여전히, 거의 웃지 않는 것처럼 웃으며 형의 영정 사진을 바라보고 있었다.

"나랑 만났을 땐 이미 꽤 후반부였어."

"……."

"어느 날 갑자기. 그 사람이 이 일을 시작한 지 백 일이 되었다는 거야."

"그래서요?"

"내 눈 앞에서 사라졌어."

"거짓말."

"진짜로. 연기처럼 사라졌어."

정말 그렇게 간단히 과거로 돌아갈 수 있을까. 돌아간 이후에는, 모든 걸 돌려놓은 다음에는 어떻게 되는 걸까.

또 이러네.

사하의 중얼거림과 함께 하늘이 순식간에 새까매졌다. 기상이변. 퉁퉁퉁. 미끄럼틀이 울리는 소리에 귀가 아팠다.

안방 근처도 가기가 싫어졌다. 내 발소리만 나도 입을 꾹 다무는 엄마 아빠. 후다닥 뭔가를 숨기는 모습. 분명 형 사진이라도 들여다보고 있던 거겠지. 웃고 있지만 다가설 수 없다. 내가 유일하게 숨을 쉴 수 있는 곳은 형의 방뿐이다.

"형. 살아나면 꼭 말해."

형이 죽어야 했던 건 전부 내 탓이었다고. 그러니까 혹시라도, 앞으로 또 죽게 되더라도 그땐. 맘껏 내 탓 하라고.

27일째. 이젠 오징어 맛도 안 느껴졌다. 그냥 껌을 씹는 기분이었다. 사하 정도가 되면 그땐 무슨 맛일까. 사하는 오늘도 아무렇지 않아 보였다.

계속 생각한다. 돌아가고 싶은 과거를. 며칠 전이든 몇 달 전이든 몇 년 전이든.

"사하 형은 왜 과거로 돌아가려 하는 거예요?"

"되돌리고 싶은 게 있어서."

"뭔데요?"

"아주 중요한 거."

"언제로 돌아갈 건데요?"

사하는 입을 꾹 닫아버렸다. 해선 안 되는 질문이었을까. 오물오물. 꿀꺽. 연해진 오징어를 삼키며 계속 사하를 바라보았다. 한참 후에야 내 시선을 느꼈는지 사하는 특유의 피식 웃음을 지으며 입을 열었다.

"오늘이 백 일째야."

"……."

"이제 이 머리만 먹으면 모든 걸 되돌릴 수 있어."

내가 사라지나 안 사라지나 꼭 봐, 라며 덧붙이는 모습이 평소와 다를 게 없어 왠지 안심했다.

집에서 나올 때만 해도 모든 게 반짝반짝 빛났는데. 또 비가 쏟아지기 시작했다. 우산 같은 건 챙길 생각도 안 했는데. 노란 운동화에는 진흙이 지워지지 않을 듯 스며들었다. 사하가 불쑥 내 이름을 불렀다. 김해우, 하고.

"나는 한 40년쯤 전으로 돌아가볼까 해."

"그렇게나 옛날로?"

"성공하지 못할지도 모르지만. 내일부터 또 여기 나와 다시 시작해야 할지도 모르지만."

"사하 형."

"내일쯤은 명우 물건 찾아가라. 담임이 처치 곤란이라고 그러더라."

"……."

"그럼 내 소식도 알게 되겠지."

사하의 입 속으로 오징어가 사라졌다. 오물오물, 잘근잘근. 천천히 그렇지만 서두르며. 잘 씹힌 오징어가 사하의 목으로 내려가는 게 보였다. 사하가 웃고 있었다. 저 웃음, 예전에 형의 영정 사진을 보던 때와 같다. 희미하게. 웃는 듯 아닌 듯. 그러면서도 확실하게 웃는.

"너도 성공해라."

이미 들었으면서도 눈앞의 광경을 믿을 수가 없었다. 사하의 모습이 점점 연해지더니 정말 연기처럼 사라져버렸다. 사하가 있던 곳으로 손을 뻗어보았다. 아무것도 잡히지 않았다. 원래부터 그랬던 것처럼. 허공뿐.

갑자기 비가 멎었다. 그리고 모든 게 다시 빛나기 시작했다. 거짓말. 운동화의 얼룩만이 방금 전까지 비가 왔었단 걸 알려줄 뿐이었다.

아빠가 형 물건들 가져오란 게 언젠데. 형네 교실 앞까지 가서 또 웃음이 나왔다. 하여간 느리다, 느려. 복도가 온통 반짝반짝 빛났다. 어제 비가 멎은 이후로 하늘은 계속 빛나기만 했다. 쉬는 시간인 걸 확인하고 앞문을 열었다.

역시나. 아직도 나 가지고 수군거리고들 노나 보다. 눈을 안 마주치려 애쓰는 게 느껴졌다. 웃긴 놈들. 그러면서 뒤로는 또 중얼중얼 내 욕이나 하면서.

교실 뒤편. 형의 책상과 물건들이 보였다. 그래도 필기는 좀 했네. 형의 이름이 적힌 교과서를 펼쳐보다 또 웃음이 나왔다. 집에 가서 한 장 한 장 넘겨봐야지. 한 무더기 짐을 모두 들어 올렸다.

호모 새끼.

책상 위에 새겨진 글씨가 눈에 들어왔다. 입에서 오징어 맛이 느껴지는 것 같았다. 수군수군. 소음이 귀찮았다. 얼른 나가버려야지.

그런데 사하가 보이지 않았다. 과거로 돌아간 건 돌아간 거고. 뭔가를 되돌려놨음 지금쯤 교실 어딘가에서 룰루랄라 하고 있어야 하는 거 아닌가.

"사하 형은 어디 갔냐?"

아까부터 흘끔흘끔 내 얼굴만 쳐다보면 놈을 붙잡고 물어봤다. 뭔 소리냐는 눈빛. 사하가 누군데, 라는 대답.

"사하 어디 갔냐고."

형의 짐들을 다시 내려놓았다. 아무나 잡히는 대로 때렸다. 사하 어디 갔냐고 묻잖아. 왜 답을 안 해.

"이게 어디 와서 지랄이야."

머리가 떵했다. 누군가 빗자루로 내리친 모양이었다. 갑자기 전세가 역전됐다. 교실 천장이 보였다.

"이제 너 구해 줄 니 애인은 이 세상에 없어. 호모 새끼야."

"선배한테 기어오르는 것도 작작 해라."

"진작 손 봐줬어야 했는데. 그 찌질이가 껴드는 바람에."

"니 형 덕에 살은 줄 알어."

형은 이렇게 죽은 걸까. 무더기로 느껴지는 발길질에 이가 갈렸다. 머리가 아팠다. 머릿속 어딘가 갈라질 것만 같았다. 눈앞이 번쩍했다.

반짝반짝거리는 하늘. 형이 강변을 걸어오고 있었다. 못난 얼굴. 갑자기 눈썹을 찡그린다. 울 것처럼 달려든다. 귀청 떨어질 정도로 내 이름을 부른다. 왜, 뭐. 김명우 뭔데. 바보가 말도 못 알아 듣는다.

"완전 웃겨. 해우는 때리지 마, 해우는 건드리지 마. 이 지랄."

"김명우 그 새끼만 아니었어도 벌써 한강변에 묻었을 건데."

귀를 닫고 싶었다. 저 새끼들 때문에 형 목소리가 잘 안 들린다. 형이 계속 날 부르며 운다. 왜. 왜 그렇게 쳐다봐. 내가 살려줄게. 이렇게 외롭게 죽게 안 할게. 형 죽인 놈들 내가 먼저 다 조져버릴게. 걱정 마.

형이 웃는다. 형 뒤로 하늘이 파랬다. 형. 벌써 살아난 거야? 강변. 그곳으로 가야 한다.
 손을 뻗었다. 빗자루가 잡혔다. 내 피가 잔뜩 묻은. 휘둘렀다. 아무나 걸려라. 아무나 죽어라. 발길질들이 뒤로 물러나는 게 느껴졌다. 일어섰다. 가야 한다. 강변으로 가야 한다.
 저 새끼 진짜 또라이 아냐?
 몸에 힘이 들어가지 않았다. 그래도. 가야 한다. 형을 만나러 가야 한다. 어쩌면 사하가. 사하가 형을 살려준 걸지도 몰라. 40년 전 옛날로 돌아가서 자기 할 일 다 하고서 덤으로 형까지 살려준 걸지도 몰라. 형이 기다리고 있다.
 반짝반짝. 복도가 빛났다. 핏자국도 빛났다.

 형은 없었다. 헛웃음이 나왔다. 어째서. 김명우. 어딨어.
 미끄럼틀 아래로 기어 들어갔다. 사하도 없었다. 주머니에서 오징어를 꺼냈다. 온몸이 쑤셨다. 온 마디가 다 터질 것 같아서. 흙바닥 위로 누웠다. 미끄럼틀을 타려 다가오던 꼬마들이 달아나는 소리가 들렸다. 그렇게나 선명하게 느껴졌는데. 형도, 사하도 없다. 혼자다. 대체 뭐가 어떻게 된 걸까.
 종이.
 절반쯤은 빨갛게 보이는 세상. 이상한 종이 쪼가리가 흐릿한 시야로 들어왔다. 귀퉁이에 내 이름이 쓰여 있었다. 흙을 파보았다. 팔뚝이 그대로 떨어져 나갈 것같이 뜨거웠다. 손톱 아래로 흙이 들어왔다. 부드러운 느낌. 갑자기 통증이 사그라졌다. 사하. 사하다. 이 종이는 사하가 남긴 거다. 알 수 없는 확신에 손에 힘이 들어가기 시작했다.

김해우.
성공했다. 모든 걸 되돌렸어. 내 인생에서 가장 중요한 일을 했어.
내가 과거로 돌아간 이후의 니가 사는 날들에는 나에 대한 모든 게 사라져 있을 거다.
난 한 남자애와 여자애를 찾아내 죽였다. 아직 학교도 안 들어간 애들이었지.
살려두었다면 커서 내 부모가 되었을.
너는 그래도 김명우를 살리려고 과거로 돌아가겠지. 김명우가 그랬던 것처럼.
- 荷

세상에 되돌릴 수 있는 건 아무것도 없다고 한다. 그렇다면 왜 '되돌리다'라는 말이 존재하는 걸까.

오징어를 입에 넣었다. 꼭꼭 씹었다. 입 안으로 흙이 들어왔다. 상관없었다. 눈물이 흘렀다. 그것도 상관없었다. 덕분에 아까부터 빨갛던 시야가 그나마 좀 나아졌다. 입 안에서도 피 맛이 났다. 더 꼭꼭 씹었다.
반짝반짝. 미끄럼틀 아래로 세모 하늘이 보인다. 하늘이 미친

듯이 파랗다. 기상이변. 햇볕이 미끄럼틀을 뜨겁게 달군다. 이제 곧 여름인가. 더울 때마다 강변에 나오자. 잔디에 눕자. 형과 함께 하늘이 돌았다고 말해보자. 형과 함께 있는 날에도 이렇게 반짝거리는 날씨라면 기상이변도 딱히 나쁜 놈만은 아니겠지.
　사하가 남긴 편지를 만지작거렸다.

| 해설 | 이선우 (문학평론가)

청춘, 그 벌레로서의 '삶'

1. "정답 따위 아무것도 아니야, 없는 게 아니라 아닌 거야."

『죄와 벌』의 라스콜리니코프는 사람의 목숨 값이 동일하다고 생각지 않았다. 인류를 위해 더 큰 일을 할 수 있는 가치 있는 생명이 있고, 죽는 게 더 나은 쓸모없는 목숨이 있다고 생각했다. 이런 초인론에 근거해 그는 실제로 전당포 노파를 죽이러 갔다가 노파의 이복 여동생까지 살해한다. 예상치 못했던 죄의식과 공포심이 그를 사로잡는다. 죄 없는 이복 여동생은 죽이지 않았다면 그의 죄가 좀 더 가벼워졌을까? 아니다. 라스콜리니코프의 잘못은 애초에 사람의 목숨을 놓고 경중을 따졌다는 데 있기 때문이다. 그런데 이런 생각이 비단 라스콜리니코프만의 것일까? 잉여, 루저, 식충, 좀비 같은 단어들이 너무나 일상적으로 소비되는 요즘의 한국 사회에서 라스콜리니코프의 사상이란 사실 그다지 충격적이지도 않다. 소수의 '비범한 사람들'을 소수의 '돈 있는 사람들'

로 대체해 최소한의 전복성마저 탈각시킨 채로, 우리는 여전히 사람의 목숨조차 등급을 매겨 나누던 유구한 역사와 전통을 이어가고 있다.

강윤화의 등단작이자 첫 소설집의 표제작인 「목숨전문점」에는 음료 값을 돈 대신 일정량의 목숨으로 계산하는 흥미로운 카페가 나온다. 이름하야 '목숨전문점'. 목숨을 그램 단위로 환산해 화폐처럼 통용한다는 점에서 이 카페에는 라스콜리니코프의 생각과는 정반대의, 목숨에 대한 산술적 평등관이 작동한다. "어떻게 살아야 옳은가"라는 윤리적 고민보다 "살고 싶은가"라는 존재론적 질문이 문제의 핵심을 구성하는 것도 그래서이다. 중요한 것은 삶에의 의지지 어떤 삶이냐가 아니다. 잉여나 루저라는 이유로 죽어야 할 이유도 없지만, 잉여나 루저를 판단하는 기준 자체가 달라진 것이다.

일테면 이런 식이다. 호는 소의 꼬리가 되기보다 닭의 머리가 되겠다고 일본까지 유학 왔으나 가족에게조차 외면당해 국제적인 신용불량자로 전락할 위기에 처한 소위 루저다. 있는 돈 없는 돈 다 빌려 얻은 방은 하필 곰팡이가 가득한 낡은 아파트. 그러나 그곳에서 호는 카루라는 독특한 인물을 만나 친구가 된다. 규율에 어긋난 짓을 함으로써 세상을 제대로 순화시킨다는 '민폐적극실천위원회'의 회원인 카루는, 진짜 곰팡이는 세상 사람들이 손가락질하는 호나 민폐적극실천위원회가 아니라 남들과 조금이라도 다른 것을 견디지 못하는 규격화된 그들 자신이라고 비판한다. 그가 보기에 가족, 친구, 국가로부터 호가 없는 사람 취급당한다는 것은 그러므로 호의 무능력을 드러내는 것이 아니라 오히려 호의 강함을 드러내는 것이다. 타인의 시선을 자기 존재의 근거로

삶는 대다수 사람들과 달리 그 모든 연결 고리가 끊어진 뒤에도 호는 여전히 이곳에 '살아 있기' 때문이다.

하이데거에 따르면 인간이 사물과 구별되는 것은 실존이 본질에 앞서기 때문이다. 이러한 존재론에 근거해 근대의 철학과 예술이 발전했다. 그러나 근대의 또 다른 축은 아이러니하게도 인간의 도구화, 기계화에 힘입은 바 크다. 극단적으로 말하면, 신의 세계에서 탈출해 짐승과 사물과 기계의 세계로 곤두박질친 것이 인간의 현대화 과정이라고 할 수도 있다. 최근에는 인간의 좀비화, 유령화가 그 뒤를 잇고 있는 실정이다. 그리하여 새로운 실존주의가 대두한 것일까. 카루에 따르면, 실존은 본질에 앞설 뿐 아니라 본질을 결정한다. 아니, 실존이 곧 본질이다. 강한 자가 살아남는 게 아니라 살아남는 자가 강한 것이니 어떻게든 살아남기만 하라는 뒤집힌 약육강식론을 말하는 게 아니다. 누가 뭐라든 죽어도 좋은 목숨 따위는 없다는 말이다. 루저와 잉여라고? 한 가지 기준만으로 이 세상 사람을 모두 줄 세운다면 루저나 잉여는 넘쳐날 수밖에 없다. 문제는 줄 밖으로 튀어나가는 다종다기한 인간들이 아니라 일렬로만 서야 한다는 이상한 기준인 것이다. 어떻게 하면 저 줄 안에 들어갈 수 있을까, 끄트머리가 아니라 선두를 차지할 수 있을까 고민하는 것은 애초에 잘못된 질문에 말려들어 가는 방식이다. 잘못된 질문으로부터 제대로 된 답이 나올 수는 없다. 그러한 세계에서는 답도 하나밖에 없지만(그러므로 나머지는 모두 오답!), 과연 이 많은 사람들에게 단 하나의 답밖에 없을 것인가. 그렇다면 그게 인간인가. 그렇게 사는 게 인간의 삶인가. 강윤화의 『목숨전문점』을 관통하는 질문은 바로 이것이다.

2. "어디서부터 잘못된 걸까. 학교 근처만 가도 들려오는 소리들."

곰팡이는 흔히 부패, 죽음, 낡음, 빈곤 등의 이미지와 연결되지만, 그 어떤 악조건 속에서도 피어나는 강인한 생명력으로 해석할 수도 있다. 곰팡이 자체가 하나의 생명이기 때문이다. 더구나 곰팡이의 생명 활동은 죽은 생명체들의 몸을 다시 삶의 터전으로 바꾸어낸다. 그러나 자신들은 곰팡이가 아니라 떳떳한 인간이라고 자부하는 사람들은 곰팡내를 풍기면서도 자신만의 생명 활동을 하지 못하고 규격화된 틀에 갇혀 세상을 정체시킨다. 자신들뿐만 아니라 다른 사람들까지 틀에 가둔다. 틀을 벗어나면 비난하고 각종 폭력을 휘두른다. 추방한다. 죽인다. 푸코에 따르면, 이런 사람들이 만들어낸 것이 바로 학교고 병원이고 감옥이고 군대다.

강윤화의 『목숨전문점』이 문제 삼고 있는 것은 그중에서도 특히 학교다. 소설의 인물들은 대개 10대 후반에서 20대 초반의 젊은이들인데 총 여덟 편의 소설 가운데 네 편(「목숨전문점」, 「얼룩 사이다, 사이다 얼룩」, 「토익학원 오전반의 미덕」, 「혼자서 목걸이」)이 대학생을 주인공 화자로 내세우고 있고, 「내꺼 하자」는 재수생, 「세상에 되돌릴 수 있는 건 아무것도 없다」(이하 「세상에」)는 고등학생의 이야기이다. 「빨간 반성문」의 20대 화자도 고등학생 때의 일이 이후의 삶을 거의 지배하고 있고, 유일하게 40~50대 주부를 화자로 내세우고 있는 「누구 아는 사람 있어요?」(이하 「누구」) 역시 핵심 서사는 딸의 학창 시절 이야기이니 강윤화의 첫 소설집 『목숨전문점』은 모두 우리 시대 '학생'의 이야기라고 해도 과언이 아니다. 비교적

최근에 학교를 졸업한 젊은 작가이기 때문만은 아닐 것이다. 동일한 원리를 내재하고 있지만 병원이나 감옥, 군대에 비해 학교는 훨씬 더 일상적이고 보편적인 공간이다. 누구나 때 되면 다니는 곳이라고 생각해 강제성을 미처 인식하지도 못하고 입학한다. 그곳에서 아이들의 장래가 결정되리라는 조바심에 부모들까지 매달린다. 잔인한 현실이 학창 시절이라는 낭만적 환상에 감춰진다. 그래서 더 일상적이고 보편적으로 폭력과 경쟁과 획일화된 규칙에 쉽게 노출된다. 일찌감치 이 세계의 문법을 배운다. 그러나 이런 병리적 세계에서는 아무도 자신만의 룰을 가진 진짜 어른이 되지 못한다.

재수생과 휴학생조차 결여의 방식으로나마 '학생'으로 호명될 때만 그 존재를 인정받을 수 있는 세계, 유치원으로부터 시작해 10대 전체와 20대 초중반을 모두 학생으로 살아가야 하고, 그렇게 근 20년을 학교라는 규격화 권력에 갇혀 지내도 그 세계를 떠나는 순간 아무것도 보장되지 않는 시대. 하여 차라리, 영원히 이 규격화된 권력에서 벗어나지 않기를 소망하는 시대. 자유보다 안정이, 개성보다 모범 답안이 젊은이들의 '야망'이 되어버린 시대. 너도나도 공교육의 붕괴를 비판하고 학교 폭력을 문제 삼고 청년 실업을 걱정한다. 그러나 이 이상한 세계에서 제대로 배우고 사귀고 일할 수 있다면 그게 더 신기한 일이 아닌가. 학교를 둘러싼 문제들은 결코 학교 안에서 일어난 문제가 아니다. 올바른 가치의 부재가 낳은 우리 사회의 구조적 병폐가, 청소년이라는 가장 취약한 집단, 학교라는 가장 대중적인 교육 기관에서 집중적으로 발현된 것에 다름 아니다. 학생이야말로 우리 사회의 이 병리성을 가장 잘 드러내는 징후적 주체인 것이다. 동일화의 폭력으로 인해 오히려 분열증을 앓게 된 강윤화의 인물들은 특히 그러하다.

「누구」의 김은주는 "선생님 말도 참 잘 듣고, 엄마 말도 참 잘 듣고" 어릴 때부터 그렇게 시킨 대로 모든 걸 다 하던 착하고 똑똑한 아이였다. 그러나 진로를 결정할 시기에 '아무것도 되고 싶지 않으니 차라리 아무거나 되겠다'고 고집을 피우다가 격분한 아빠에게 심한 폭력을 당한다. 결국 부모의 뜻대로 문과에 진학해 대학도 부모가 정해준 대로 잘 갔지만(그러니까 은주의 부모가 실은 '아무거나 되겠다'는 은주의 말을 실현시켜 준 것!), 그 사건 이후 정신분열이 심해진 김은주는 자기랑 똑같은 이름을 가진 김은주들의 삶을 흡수하여 세상이 떠들썩한 범죄자가 된다. 「빨간 반성문」의 '나'를 '충'으로 만든 것도 한순간의 다름도 용납하지 않는 편견 가득한 어른들이었고, 「내꺼 하자」의 '나'를 죽음으로 몰아넣은 것도 아무리 아니라고 말해도 믿어주지 않고 오해하는 엄마와 남자 친구다. 「토익 학원 오전반의 미덕」(이하 「토익 학원」)의 대학생 '나'를 대책 없는 휴학생으로, 빚쟁이로, 앞날이 캄캄한 알바생으로, 예비 미혼모로 전락시킨 사람 역시 무조건 공무원이 되라고 자식을 두들겨 패고 멋대로 휴학시켜버린 아버지다. 자식을 위한다는 핑계로 부모는 자식을 틀에 맞추려고 하지만 틀에 맞지 않는 아이들은 오히려 그 틀로 인해 깊이 상처받는다.

더 큰 문제는 이들이 제대로 치유되지 못한 상처로 인해 성장을 멈추게 되고, 상처는 결국 흉기로 변한다는 점이다. 「목숨전문점」의 토리마, 「누구」의 김은주, 「세상에」의 김해우 등이 외부로 그 흉기를 휘둘렀다면, 「내꺼 하자」, 「얼룩 사이다, 사이다 얼룩」(이하 「얼룩 사이다」), 「빨간 반성문」, 「토익 학원」의 화자들이나 「혼자서 목걸이」의 정수인 등은 폭력의 방향을 내부로 돌렸다는 차이점이 있을 뿐이다. 「세상에」는, 그렇게 온통 상처 입은 짐승들이 서로에게 더 깊이 상처 입히며 온갖 악의적인 소문을 양산해내는 곳으로 학교를 그려낸다. 아이들이 의좋은 명우와 해우를 호모 형제로 탈바꿈시킨 건 단지 이들이 친형제간이 아니라는 사실 때문이다. 남들과 다르다는 이유로 끊임없이 시비가 걸리고 폭력에 시달려야 하는 해우가 자신을 지켜낼 수 있는 방법은 또 다른 폭력밖에 없었을 것이다. 그러나 해우에게 시비를 걸고 명우를 때려죽인 아이들 역시 그런 폭력의 연쇄 속에 있었던 것은 아닐까. 선배에게 기어오르는 놈들은 일찌감치 강변에 묻어버려야 한다는 생각을 길러준 것은, 그러니까 바로 우리 어른들이 아니었을까. 명우를 살려내기 위해 해우는 시간을 되돌리려 하지만, 시간을 되돌린다고 해서 문제가 다 해결되는 것은 아니다. 타임슬립이 야기하는 시간 역설 때문만이 아니다. 다름을 용납하지 않는 이 현실을 바꾸지 않는 한, 명우와 해우는 언제고 다시 같은 시간 앞에 멈춰 설 수밖에 없을 것이기 때문이다.

「세상에」가 어떻게든 시간을 되돌리고 싶다는 바람을 실현하기 위한 일종의 SF소설이라면, 「혼자서 목걸이」는 그것의 공포소설 버전이다. 친자매는 아니지만 살붙이보다 더 살뜰히 서로를 챙겨준다는 점에서 「혼자서 목걸이」의 수인과 기혜는 「세상에」의 해우와 명우를 닮았다. 해우가 폭력에는 폭력으로 맞서는 다소 즉흥적이고 공격적인 성격을 가졌다면, 수인은 백내장을 앓아 어릴 때부터 장님 소리를 들으며 자랐지만 잘 웃는 소녀였다. 눈이 보이지 않는데도, '유치찬란'이라고 불릴 정도로 옷이든 장신구든 문구든 온갖 색깔로 화려하게 꾸미는 것을 좋아했다. 오랜 친구 기혜는 그런 수인에게 자신이 보는 세상을 그대로 보여주고 싶어 한다. 그러나 시력이 돌아온 수인에게 이 세상은 온통 괴물 같았다. 밥도 옷도 친구도, 자신을 둘러싼 세상의 모든 색들이 구토를 유발했다. 수인은 차라리 눈을 감고 생활하려 하지만, 기혜는 수인이 다시 장님 노릇 하는 걸 용납하지 못한다. 앞을 보지 못했을 때는 없던 갈등이 오히려 눈을 뜨자 생기게 된 것이다. 물론 기혜는 그것이 수인을 위하는 거라 생각한다. 혼자서는 아무것도 할 수 없게 된 수인이를 위해 온갖 치다꺼리도 다 해준다. 바라는 것은 단 한 가지, 수인이가 눈을 뜨고 자신과 같은 것을 보는 것뿐이다. 단지, 그것뿐.

그러나 견디지 못한 수인이 결국 제 눈을 찌르고 핏물이 떨어지는 그 빗꼬리를 다시 기혜 쪽으로 들이대는 마지막 장면은, 기혜가 바랐던 그 단 하나의 소망이 실은 얼마나 폭력적이었던가를 충격적으로 드러낸다. 멀쩡한 눈을 찔러 실명을 시키는 것은 끔찍한 일이지만 다른 감각으로 세상을 보고 느끼고 충분히 향유하던 사람에게 꼭 눈으로만 보자고, 내가 보는 것과 똑같은 것을 똑같은 방식으로 보고 이야기하자는 것이 폭력이라고는 미처 생각하지 못했던 기혜와 같은 우리들에게, 이 소설이 던져주는 메시지는 적지 않다. 사랑도 동일화의 욕망만으로 가득 차 있으면 사랑이 아니라 폭력이 된다. 우리 시대 부모의 사랑이 대개 그러하다. 몸은 다 자랐는데 왜 빨리 어른이 되지 못하냐고 다그칠 뿐, 제대로 자라는 방법을 가르쳐주지도 천천히 혼자 자랄 수 있도록 기다려주지도 않는다. 수인이 제 눈을 찔러 차라리 시간을 되돌리기 원했던 것처럼, 하여 우리 시대 청년들도 성장을 거부하고 퇴행을 선택하고 있는 것은 아닐까.

3. "이제 너도 어른이잖아. 네가 해결했어야지."

「토익 학원」의 '나'나 「얼룩 사이다」의 도진이가 바로 이렇게 몸만 자란 아이들이다. 「토익 학원」의 '나'는 공무원 시험만 강요하는 아버지에게서 기껏 도망쳐 나오고도 "뭐가 되든 자격증을 따두자"는 생각으로 잠시 공부에 집중했다가 다시 해이해져 한동안 쉬고, 그러다가 다시 "뭔가를 시작해야겠다는 생각"만으로 "무작정 학원을 끊"는 대책 없는 생활을 반복할 뿐이다. 그 와중에 임신까지 하게 되자 별수 없이 아기는 변기에 낳아 버리고 자신은 한강에 뛰어들어야겠다고 생각한다. 산달이 가까웠으니 죽을 날도 얼마 남지 않았다. 하지만 이상한 태몽을 꾼 날도 새벽부터 일어나 열심히 토익 학원 오전반에 나간다. 그렇다고 정말 열심히 공부를 하는 것도 아니어서 시험 직전에도 수업 진도조차 알지 못한다. 죽음을 유예하고자 하는 안간힘이나 마지막까지 최선을 다하고자 하는 성실함이 아니라 그저 남들처럼 무언가를 하지 않으면 안 된다는 공포와 불안이 죽는 순간까지도 '나'를 사로잡고 있었을 뿐이다.

이런 아이러니는 비극적 상황에 걸맞지 않는 희극적인 문제로 더욱 극대화된다. 하필 토익 학원 수업 시간에 진통을 느껴 학원 화장실에서 사력을 다해 낳고 보니 아기가 아니라 변비에 시달리다가 싼 피똥이었다는, 희비극이 교차하는 마지막 장면은 특히 그러하다. '토익 학원 오전반의 미덕'이란 결국 활발한 장운동 끝에 아침부터 싸댄 구린 똥이었던 것. 그러나 이러한 해학 이면에는 '나'의 아버지뿐만 아니라 너무 쉽게 태아 유기를 결정한 '나' 역시 결코 부모가 될 수 없는 존재라는 암시가 담겨 있다. 자립을 가르치는 것이 아니라 불안과 공포를 조장해 끊임없이 외부적 존재에 의존할 수밖에 없게 만드는 어른들, 아무런 사회적 안전망도 없는 무한 경쟁 속에서 오히려 경제적·윤리적으로 퇴행하는 청년들, 우리 사회의 부끄러운 맨얼굴이 여기에 다 들어있다.

「얼룩 사이다」는 습관적으로 근친상간하는 남매와 아들을 성폭행하는 엄마를 통해 이러한 윤리의 부재와 가족의 붕괴를 섬뜩하게 그려낸다. 시험과 리포트에 시달리는 평범한 대학생처럼 등장했던 도진이, 실은 '도진이는 내꺼'라며 수시로 오빠의 몸을 탐하는 여동생 기연을 거부하지 못해 아노미 상태에 빠져 있었던 것. 처음에는 잘못이라는 걸 모르고 시작했고, 알고 난 뒤에는 너무 습관이 들어 고치질 못했다. 더구나 먼저 몸을 요구하는 것은 항상 기연이었으므로, 밀어내는 법을 배우지 못한 도진은 지옥 같은 관계를 계속 이어간다. 가족 내 이러한 법의 부재를 상징하는 것은 아버지의 부재라는 장치이다. 10년 만에 돌아온 아버지는 그러므로 곧 근친상간 금지를 선포한다. "이제 너도 어른이잖아. 네가 해결했어야지. 가족끼리 그러면 안 되는 거야. 무슨 일이 있어도 해서는 안 되는 짓이라고."

하지만 나이를 먹었다고 모두 다 어른이 되는 것은 아니다. 어른이 되는 방법을 제대로 배우지 못한 도진은 여전히 아버지가 집을 나가기 전의 그 어린아이일 뿐이다. 도진은 사라진 아버지의 행방을 내내 수소문했지만 다른 가족들에게는 아버지의 부재조차 잊혔던 지난 10년간, 이 집을 지배한 것은 아버지의 법이 아니라 어머니의 성이었다(돌아온 아버지 역시 '아버지라는 법'보다 어머니의 성적 파트너로서의 남편이라는 분위기를 더 강하게 풍긴다). 도진이 기연을 거절하지 못하는 것도, 피할 수 없는 고통 속에서 환시를 보듯 얼룩에 빠져드는 것도 그 때문이다. 아버지가 금지한 것이 실은 여동생과의 근친상간이 아니라(그 사실까지 아버지가 인지하고 있었는지는 알 수 없다) 어머니와의 근친상간이었다는 것이 드러나는 소설의 마지막은 이를 더욱 충격적으로 드러낸다.

처음에는 방관자나 도피자로, 나중에는 심판자로 비춰졌던 아버지는 여기서 마침내 구원자로서의 모습을 드러낸다. 혼자서는 더 이상 이 지옥을 벗어날 수 없다 생각한 순간 아버지가 얼룩 밖으로 손을 내밀어 도진의 "손을 잡고 힘차게 잡아"당긴 것이다. 얼룩의 중심으로 헤엄쳐 들어온 도진은 그 탄산수 같은 얼룩이 실은 "눈물의 바다. 아버지의 도피처"였다는 것을 깨닫는다. 어쩌면 아버지 역시 저 세계의 법이 아니라 도망자였을지 모른다는 것, 그러나 그가 내민 손이 심판자나 구원자의 거대한 손이 아니라 기껏해야 먼저 탈출한 자의 "부들부들 떨리는" 손이어서 오히려 그 감동은 배가 된다. 아들을 끌어올린 뒤 울고 있는 아버지의 얼굴은 도진이 처절하게 몸부림친 만큼 아버지 역시 오래 사투를 벌였다는 것을 보여준다.

그렇다고 아이들을 그 오랜 세월 폭력 속에 방치하고 도피한 책임이 다 사라지는 것은 아니다. 아버지의 도움으로 탈출에 성공하는 순간 도진은 다시 어린아이로 돌아가는 듯한 모습을 보여주는데, 이는 아버지를 의심 없이 따르던 유년으로의 회복이라기보다 성장하지 못한 어린 자아가 그 억눌렸던 모습을 비로소 드러내는 것처럼 보인다. 탈출이 성장으로 이어지지 않고 퇴행의 조짐을 보이는 것은 이러한 구원의 한계를 명백히 드러낸다. 아버지와 아들 앞에 마침내 나타난 흰 빛은 새로운 희망을 암시하는 듯도 하지만, 구원은 환상적으로 처리된 반면 현실의 폭력은 너무나 섬뜩하고 생생해 여전히 현실의 출구 없음이 더 강하게 와 닿는다. 「얼룩 사이다」만이 아니다. 「세상에」 역시 구원은 타임슬립이라는 SF적 설정을 통해서만 가능하거니와, 타임슬립의 가능성은 언제나 그 불가능성을 동반하는 것이어서 명우와 해우의 행복한 만남이 과연 실현될 것인지 확신할 수가 없다. 그렇다면 강윤화가 말하고자 하는 것은 대체 이 세계의 변화 가능성일까 불가능성일까.

4. "그렇 게나 는벌 레로 서의 삶을 또이 어가 기시 작했 다."

카루의 사유 역시 '틀린 것은 우리가 아니라 당신들'이라는 수준을 크게 넘어서지 않지만, 그가 입버릇처럼 달고 다니던 '정답 따위는 아무것도 아니다'라는 말은 정답의 유무나 가부를 문제 삼는 것이 아니라 그러한 사유 체계 자체를 해체하고자 하는 전복성을 내재하고 있었다. 그러나 다른 사람이 지불한 목숨의 힘을 빌어서라도 제대로 살아내고 싶다며 맛없는 목숨주스를 마셔대던 카루는 아이러니하게도 '묻지마 살인'의 희생자가 되어 짧은 생을 마감하고, 카루의 죽음을 받아들이지 못하는 호는 "모든 것이 오답을 향하고" 있다고 절규한다. 문제는 이로 인해 카루의 전복적 사유가 다시 정답과 오답의 세계로 회귀해버린다는 것이다. 토리마를 만들어낸 것이 바로 이런 닫힌 세계라는 점에서, 카루의 죽음은 다른 사고를 허용하지 않는 우리 사회의 폐쇄성과 병리성을 함께 드러내는 문제적 장치임에 분명하다. 체제의 피해자가 또 다른 약자들을 공격하는 것으로밖에 분노를 표출하지 못하고 그로 인해 결국 범죄자로 전락해 체제 바깥으로 추방되거나 격리되는 현실도 침통하지만 하필 그 대상이 유일하게 다른 방식으로 사유할 줄 알던 카루라는 점에서, 이 소설의 마지막은 민중이 스스로 자신들의 영웅을 제거해버리는 아기장수 설화를 연상시키는 측면마저 있다. 겨우 열렸던 가능성이 무참히 닫혀버리는 느낌.

카루의 죽음은 카루의 정답도 "내 정답"도 아니라며 호는 뒤늦게 생의 의지를 다지지만, 호의 이 급작스런 변화는 별로 설득력이 없다. 카루가 죽은 뒤 혼자 목숨전문점을 찾아 비로소 목숨주스를 마시는 것도 일종의 애도 행위일 뿐, 그 애도가 또 다른 맹목으로 흐를 위험을 다분히 드러내고 있어 그것이 진정한 생의 의지인지도 알 길이 없다. 결말을 반전이나 불친절한 폭로로 마무리하는 것은 강윤화의 스타일인 듯한데, 그렇다 할지라도 호의 변화는 너무 급작스럽고 다소 작위적이다. 왜일까. 그것은 작가의 솜씨가 부족해서라기보다 이러한 결말이 작가의 비극적 세계관을 애써 감추고 있기 때문이다.

앞서 말했듯이 강윤화 소설의 주요한 축은 세상이 강요하는 정답에 대한 의심과 비판이다. 여기에는 규격화, 획일화된 사회가 아닌 '다른 세계'의 가능성에 대한 기대와 소망이 있다. 그것이 일종의 엔진으로 작동하면서 소설에 시동을 걸고 상상력을 증폭시킨다. 그러나 「얼룩 사이다」나 「세상에」가 보여주듯이 출구 없는 현실을 작가의 상상력만으로 돌파해내기란 쉽지 않다. 단편소설이라는 장르적 특성 때문이기도 하겠으나 「내꺼 하자」나 「누구」, 「토익 학원」, 「혼자서 목걸이」 등은 가상의 출구보다는 현실의 '출구 없음' 그 자체를 드러내는 데 더 치중하고 있다. 살인, 자살, 자해 같은 극단적인 결말이 자주 제시되는 것도 그 때문이다. 강윤화의 소설 세계가 모두 비관적이기만 한 것은 아니다. 「목숨 전문점」의 카루, 「내꺼 하자」의 문방구 청년, 「빨간 반성문」의 스누피와 노란새, 「세상에」의 사하와 김명우 등은 가족애를 뛰어넘는 공감과 연대의 가능성을 시사하며 소설에 온기를 부여한다. 그러나 카루와 명우는 죽임을 당하고, 문방구 청년의 친절과 공감은 내가 진짜 애정을 갈구하던 사람들의 오해와 냉대를 더 부각시키며, 스누피는 '내 반성문'을 베껴 씀으로써 '내'가 다시는 글을 쓰지 못하게 만드는 데 일조했던 인물이다. 가능성을 열어보였다가 다시 닫아버렸으니 현실의 폐색은 오히려 더 도드라진다. 믿었던 친구는 "긍정적이 되라"는 비난성 충고를 던지거나(「토익 학원」) 남이라는 현실을 확인시켜주고(「내꺼 하자」), 가족은 때로 지옥 그 자체다(「얼룩 사이다」). 강윤화의 소설에서 출구는 가상현실에나 존재하고 진짜 현실에서는 기껏해야 갈등을 잠시 봉합할 수 있을 뿐 그 어떤 활로도 없는 듯하다.

그러나 이것만으로는 강윤화의 소설 세계를 제대로 드러낼 수 없다. 더 중요한 것은 그럼에도 불구하고 강윤화의 소설에는 어떤 싸움이 있다는 것이다. 출구 없음을 보여주는 것만으로 만족하지 않고 작품에 균열을 일으킨다. 인물과, 세계와, 작품의 예정된 결말과 싸운다. "세상에 되돌릴 수 있는 건 아무것도 없다"는 비관적 현실 인식 한편에 "그렇다면 왜 '되돌리다'라는 말이 존재"하냐는 질문이 맞선다. 화해할 수 없는 세계라는 인식과 끝내 화해하고자 하는 욕망이, 소통되지 않는 세계라는 절망과 쉼 없이 말을 건네려는 몸짓이 함께 있다. 그것이 때로는 자아분열을 일으키거나(「누구」, 「빨간 반성문」) 달리는 차를 향해 돌진하게(「내 꺼 하자」) 하지만, 어쩌면 이 자기 파괴의 몸짓들조차 불화와 불통의 세계에 건네는 간절한 외침일 수 있다. 차이를 지우고자 하는 욕망이 아니라 다름을 살아내고자 하는 의지가 만들어낸 생의 절규들.

「빨간 반성문」의 화자 충은 내내 직선의 삶을 살았는데도 빨간색으로 썼다는 이유만으로 자신의 반성문이 찢겨지고 끝내 책 도둑이라는 오명을 벗지 못하게 되자 펜으로는 더 이상 그 어떤 글도 쓰지 못하는 일종의 외상 후 스트레스 장애를 앓는 인물이다. 정신분열을 겪을 정도로 내면에 깊은 분노와 설움을 쌓아가던 충은, 검은색 반듯한 글씨 덕에 자기 대신 면죄부를 받았던 스누피를 만나 지난 일을 따진다. 하지만 "모든 것을 돌리기 위해서" 충이 만나야 할 질문의 진짜 대상은 스누피가 아니다. "나를 구해주지 못한 내 글"을 용서할 수 없었을 뿐, 그것이 스누피의 잘못이 아니라는 것은 충도 알고 있었다. 더구나, 모든 것을 되돌린다는 것이 과연 가능한가. 그러한들, "내용이 그 색깔 급에 결정"되는 게 "인간이라는 거"라면, 자신을 충(蟲)으로 전락시킨 그런 인간 세계로 다시 돌아가는 것이 과연 자신의 불명예를 회복하는 방법일 수 있는가. 문제는 간단치 않다. 충이 온 집을 거울로 둘러 '나들'을 불러낸 까닭이 여기에 있다. 스누피나 서점 주인뿐 아니라 충 역시 오랫동안 직선의 삶을 살아왔고 그곳으로 다시 돌아가기를 욕망해왔던 인물이다. 잘못은 '너들'에게만 있는 것이 아니었다. 외면하고 싶었겠지만 그러므로 충은 정직하게 그 온갖 '나들'을 대면할 필요가 있었던 것이다. 필통 속을 검은 펜으로 채워 넣고 "내가 벗어난 일직선으로", "그 일이 있기 전의 나로 돌아가 인간만의 인간론 안의 예문으로 등장"하길 바라다가도, 충은 문득문득 정신을 차리고 되묻는다. "그러나 내가 그걸 진정으로 원했던가? 나는 뭘 원했던 거지?"

"충. 벌레처럼 거울을 더듬어줘. 빈틈없이. 인간들한테 똑똑히 알려주자고!" 배신자로 몰려 눈물만 흘리던 스누피는 신문부 폐부를 선언하고 떠나면서도 기획 기사 자료 위에 반듯한 글씨로 이런 메모를 남겨 놓았다. 「빨간 반성문」은 "지나치게 일직선으로 걷고 지나치게 일직선으로 생각"하는 "인간만의 인간론"이 범람하는 세상을 향해, 그리하여 충이 제출한 "그렇 게나 는벌 레로 서의 삶을 또이 어가 기시 작했 다"는 벌레들의 거울 이야기인 셈이다. 진실과 마주한 뒤에도 충은 인간으로 돌아가지 못하고 여전히 '벌레로서의 삶'을 살고 있다. 그러나 여기에는 두 가지 함의가 있다. 하나는 "인간만의 인간론"이 여전히 강고하다는 것이다. 한번이라도 이탈한 자는 쉽게 본래 궤도로 돌아오지 못한다. 탈선자라는 꼬리표는 평생을 따라다니는 주홍글씨다. 그러나 저 문장을 소외와 박탈의 언어로만 읽을 이유는 없다. 인간의 삶을 구성하는 것이 그런 배제와 폭력이라면 나는 인간 따위 하지 않겠다는 선언으로 읽을 수도 있는 것이다. '돌아갈 수 없다'는 부정의 수동태가 아니라, '돌아가지 않겠다'는 의지의 능동태. "또이 어가 기시 작했 다"라는 서술부 역시 마찬가지다. '벌레로서의 삶'이라니 죽지 못해 구차하게 이어가는 것처럼 읽힐 수도 있지만, '벌레로서의 삶'을 후자가 아니라 전자로 해석한다 하더라도 「목숨전문점」의 카루처럼 오히려 이 '이어감'을 근거로 전자를 후자로 탈바꿈시킬 수 있는 것이다. 살아낸다는 것은 이제 그만큼 힘든 일이 되었다. "살고 싶어. 살 수 있는 만큼을 살아내고 싶어. 그건 정말 어려운 일이야."(「목숨전문점」)

　강윤화의 소설은 이 '벌레로서의 삶'이라는 절망적인 현실 인식과 그럼에도 끝내 '제대로 살아내겠다'는 생의 의지가 격돌하는 장이다. 가능성이 불가능성을 의심하고, 불가능성이 가능성을 밀어낸다. 그 격돌이 소설에 종종 균열을 일으키고 쉽게 해석되지 않는 모호한 결말 처리로 이어지기도 한다. 분열된 것은 작품 속 인물만이 아닌 것이다. 그러나 그 어떤 균열도 없이 물 흐르듯 자연스럽게 흘러가는 작품들보다 이 거칠고 불친절한 소설들이 우리의 시선을 더 오래 붙잡는다. 10대의 유치하고 단순해 보이는 언어들이 쉽지 않은 이야기를 풀어낸다. 겉보기엔 해사하고 싱싱한 젊음이지만 속으로는 온갖 모순을 끌어안고 부글부글 끓어오르는, 아프고 상한 우리 시대 청년을 이야기하는 청년의 글쓰기이다. 패배했다고 말하지 마라. 싸움은 아직 끝나지 않았고, 우리의 답은 당신의 답과 다르다.

| 작가의 말 |

 나는 어릴 때부터 겁이 많았다. 주사나 벌레 등, 많은 것들을 무서워했지만 그중에서도 가장 두려운 것은 죽음이었다. 나는 평온한 일상 속에서도 언제나 죽음을 찾아낼 수 있었다. 길을 걷다가도 '갑자기 누가 날 도로로 밀쳐 차에 치어 죽을지도 몰라'라든지 '바닥의 쓰레기를 밟고 뒤로 미끄러져 머리가 깨져 죽을 거야'라고 생각했다. 네다섯 살 때부터 쭉.
 왜 그랬는지는 모르겠다. 특별히 짚이는 것도 없을 만큼, 내 어린 날은 꽤 행복했다. 신기한 것은 그런 상상들이 나를 우울 속에 빠뜨리진 않았다는 점이다. 머릿속으로는 피가 튀고 뼈가 으스러지다가도, 실제로는 이런 일들이 벌어지지 않아 다행이라고 웃으며 넘겼다. 이런 난 낙천주의자일까, 비관주의자일까.
 나는 여전히 겁이 많다. 그런데 요즘은 어릴 때와 달리 일어나지 않은 일보다는 일어난 일과 일어날 일에 두려움을 느낀다. 이번에 이 책을 준비하며 깨달았다. 여기에는 대학생 때 끼적여둔 메모에서 시작된 이야기도 있고, 등단작도 있다. 다시 읽으면 나조차도 '이걸 쓸 때엔 이렇게 생각했네?' 하고 놀라는 장면도 있다. 몇 년 새 두려움의 대상이 변한 것처럼, 내 글쓰기도 함께 변한 걸까. 앞으로도 변해갈까. 기대되다가도 금세 마음이 가라앉는다. 이런 게 요즘의 내 두려움이다.

앞으로도 계속 두려움들에 대한 글을 쓰고 싶다. 그것이 무엇이든, 난 그 속에서 살아 있으니까. 낙천적인지 비관적인지 모르겠지만 그렇게, 살아내고 싶다. 첫 소설집이 이를 위한 좋은 디딤돌이 되면 좋겠다. 이 책을 위해 힘써주신 모든 분들께 감사드린다.